MANNHEIM STEAMROLLER

Noël

Une nuit à nulle autre pareille

Histoire de Chip Davis
Écrit par Jill Stern

Traduit de l'américain par
Laurette Therrien

Copyright ©2003 Mannheim Steamroller, LLC
Titre original anglais : Mannheim Steamroller Christmas, A night like no other
Copyright ©2004 Éditions AdA Inc. pour la traduction française
Cette publication est publiée en accord avec Pocket Books, une division de Simon & Schuster, Inc., New York, NY
Tous droits réservés. Aucune partie de ce livre ne peut être reproduite sous quelle que forme que ce soit sans la permission écrite de l'éditeur sauf dans le cas d'un critique littéraire.

Traduction : Laurette Therrien
Révision linguistique : Véronique Vézina
Révision : Nancy Coulombe
Illustrations : David J. Negron, Sr.
Typographie et mise en page : Sébastien Rougeau
Graphisme de la page couverture : Sébastien Rougeau
ISBN 2-89565-223-6
Première impression : 2004
Dépôt légal : quatrième trimestre 2004
Bibliothèque Nationale du Québec
Bibliothèque Nationale du Canada

Éditions AdA Inc.
1385, boul. Lionel-Boulet
Varennes, Québec, Canada, J3X 1P7
Téléphone : 450-929-0296
Télécopieur : 450-929-0220
www.ada-inc.com
info@ada-inc.com

Diffusion
Canada :   Éditions AdA Inc.
France :   D.G. Diffusion
                Rue Max Planck, B. P. 734
                31683 Labege Cedex
                Téléphone : 05-61-00-09-99
Suisse :   Transat - 23.42.77.40
Belgique :   D.G. Diffusion - 05-61-00-09-99

Imprimé au Canada

Participation de la SODEC.
Nous reconnaissons l'aide financière du gouvernement du Canada par l'entremise du Programme d'aide au développement de l'industrie de l'édition (PADIÉ) pour nos activités d'édition.
Gouvernement du Québec - Programme de crédit d'impôt pour l'édition de livres - Gestion SODEC.

Catalogage avant publication de la Bibliothèque nationale du Canada

Davis, Chip
     Une nuit à nulle autre pareille
     Traduction de : Mannheim Steamroller Christmas.

     ISBN 2-89565-223-6

     I. Therrien, Laurette. II. Mannheim Steamroller (Groupe musical). III. Titre.

PS3553.A93M3614 2004   813'.54   C2004-941105-5

MANNHEIM STEAMROLLER

Noël

Une nuit
à nulle autre pareille

Histoire de Chip Davis

Écrit par Jill Stern

À ma famille
Evan, Elyse, Kelly
Trisha

Merci à Chip Davis pour l'histoire, Liate Stehlik pour l'opportunité et à Micki Nuding pour son formidable encouragement. Un merci tout spécial à Dave, Maddy et Caleb, qui m'ont donné patience et support afin de permettre notre tradition familiale particulière de « mère qui travaille tard au bureau » possible.

— JPS

Prologue

Tu ne sais jamais quel âge tu auras le jour où tu apprendras la plus importante leçon de ta vie. J'avais dix ans. Ce Noël-là, il m'est arrivé une aventure comme il n'en arrive qu'une fois dans une vie ; le genre d'aventure, qu'un jour ou l'autre, tu voudras raconter à tes enfants. Mais quand j'ai eu des enfants, j'ai pensé qu'ils ne me croiraient jamais si je la leur racontais. Alors je ne l'ai pas fait. Jusqu'à cette veille de Noël, presque trente ans plus tard, lorsque j'ai réalisé que si je ne partageais pas la leçon que j'avais apprise, ils pourraient bien ne jamais croire en rien…

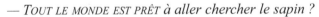

— *Tout le monde est prêt* à aller chercher le sapin ?

J'étais debout à l'entrée, piétinant sur place et me secouant les cheveux pour en faire tomber de gros flocons. La neige sur mon manteau fondait à grosses gouttes, créant une mare sur les carreaux du vestibule.

Daniel, mon fils de neuf ans, me regardait, incrédule.

— Pas question que je sorte dans ce blizzard, dit-il, pointant du doigt la fenêtre de la porte d'entrée.

— Moi non plus. Lily, sa petite sœur de cinq ans, venait d'apparaître derrière lui, tenant le chameau de la crèche d'une main, et de l'autre, l'un des trois Rois Mages. Je joue au zoo avec les poupées de Noël, dit-elle.

J'ai poussé un soupir. C'était la veille de Noël, et on attendait la pire tempête depuis trente ans ; la neige devait recouvrir tout le Midwest. J'ai regardé une autre fois les flocons blancs qui voletaient.

— Allez, les enfants, ai-je insisté, c'est une tradition familiale. On va toujours couper le sapin la veille de Noël. Il faut l'installer ce soir pour qu'il soit prêt quand le père Noël va passer.

En entendant le nom du père Noël, Daniel leva les yeux au plafond. Même Lily avait l'air de douter.

— Va le chercher, papa, dit Lily.

— *Ouais, ajouta Daniel, c'est toi qui veux toujours aller chercher l'arbre le même jour, au même endroit. Tu deviens complètement gaga quand arrive le temps des fêtes.*

— *Comment ça, gaga ? ai-je demandé.*

— *Il faut toujours mettre les mêmes décorations, manger la même affaire, jouer la même musique. C'est ton truc, papa, expliqua Daniel.*

— *Cela s'appelle la tradition, ai-je répliqué, plus fort que je ne l'aurais voulu.*

Jen, ma femme, apparut dans le hall, essuyant ses mains enfarinées sur son jean.

— *Il neige terriblement fort, chéri, dit-elle. Es-tu bien certain de vouloir te rendre en forêt par un temps pareil ?*

Je lui ai immédiatement lancé un regard qu'elle aurait dû comprendre.

— *Hé, papa, il y a un super site en ligne, tu commandes un arbre, ils le livrent à ta porte. Sam – treize ans, notre expert informatique – s'était aventuré hors de sa chambre, et nous donnait son opinion du haut de l'escalier.*

— *Ils ont un service de livraison 24 heures, jusqu'à 21 h le soir de Noël. Tu peux même commander un arbre déjà décoré ! Ça nous épargnerait bien des efforts, ajouta-t-il plein de bonne volonté.*

— *Il n'est pas question de commander un sapin en ligne, ai-je articulé. On n'attendra pas de voir si le temps s'adoucit, et je ne sortirai pas tout seul.*

Toute la famille était devant moi et me regardait.

— On va aller chercher un sapin, et on va y aller MAINTENANT, *ai-je rugi.*

JE DOIS ADMETTRE qu'en regardant mes enfants enfiler leurs anoraks et leurs bottes d'un air maussade, j'ai eu une pensée pour la boutique de Noël en ligne de Sam. Un seul clic avec la souris, et le plus beau sapin qu'on puisse acheter serait livré à notre porte. Était-ce vraiment ainsi que les enfants voulaient se préparer à fêter Noël ? Ne pas déroger à nos préparatifs habituels pendant le mois de décembre, puis soudain, le vingt-quatre, se contenter de naviguer dans le Net pour voir arriver l'arbre par courrier express ?

Mais qu'est-ce qu'ils avaient dans la tête ? Ne savaient-ils pas à quel point toutes ces traditions que je chérissais étaient importantes pour moi ? Pour notre famille ? Il n'y avait qu'une façon de le vérifier.

J'étais planté là, entre ma famille et la porte.

— Ça ne vous plaît pas qu'on sorte tous ensemble pour aller chercher le sapin ? ai-je demandé.

Sam secoua la tête de gauche à droite. Un « non », purement et simplement.

Daniel haussa les épaules.

— C'est toujours tellement loin, dit Lily.

Ma femme gardait la tête baissée.

— Alors, que pensez-vous de tout le reste ? ai-je ajouté avec un grand geste de la main en direction de notre salon magnifiquement

décoré. Ça ne vous dit rien d'accrocher vos bas de Noël ? D'écouter des chansons de Noël pendant qu'on décore l'arbre ? De suspendre le gui et les guirlandes ? De monter la crèche ? Le père Noël ? Les cadeaux ?

— Ho, papa, dit Sam, n'exagère pas. On aime tous les cadeaux.

Daniel et Lily approuvèrent du chef.

— Mais le reste des traditions des fêtes ? ai-je demandé. Ça ne vous manquerait pas ?

— Rien de mieux, pour célébrer Noël, qu'un nouveau gadget informatique, dit Sam.

— Papa Noël pourrait laisser mes étrennes sur le divan, dit Lily pour abonder dans le même sens.

— Et toi et maman auriez plus de temps pour aller acheter nos cadeaux si vous n'étiez pas obligés de vous donner tout ce mal pour préparer Noël, ajouta Daniel.

J'avais le cœur serré. Comment cela avait-il pu se produire ? J'avais cru qu'en partageant les traditions des fêtes avec mes enfants, ils auraient compris à quel point chacune d'elles était importante. Ils auraient su que Noël signifiait bien davantage que des étrennes joliment emballées.

J'étais en train de réaliser qu'en fait, je n'avais jamais expliqué à mes enfants pourquoi les traditions étaient aussi importantes à mes yeux. Pourquoi elles étaient aussi importantes pour tout le monde. Pendant toutes ces années, plutôt que d'adopter la fête de Noël, ma famille s'était contentée de suivre le courant. Et à part moi, personne ne savait que Noël voulait dire bien autre chose que les gestes que nous posions comme des automates.

Il fallait que je fasse quelque chose. Et vite.

— D'accord, ai-je ordonné, on reste à la maison.

Étonnés et ravis de ce soudain revirement de situation, les enfants se débarrassèrent de leurs vêtements d'hiver.

— Réunion de famille dans le salon, ai-je annoncé ensuite.

Leur soulagement s'étant changé en consternation, les enfants marchèrent à la queue leu leu jusque dans le salon.

— Je crois que j'ai laissé le four allumé. Ma femme se dépêcha de se retirer dans la cuisine.

Je me suis installé dans un fauteuil douillet et j'ai examiné mes enfants, bien alignés devant moi sur le canapé.

— Je sais exactement ce que vous ressentez, ai-je dit.

Lily fit un grand signe de la tête comme pour dire : « Bien sûr que tu le sais, papa. » L'espace d'un instant, je me suis permis de jouir de l'omnipotence que prêtent les jeunes enfants à leurs parents.

Un coup d'œil vers Sam balaya toute ma prétention quant à mon influence parentale. Il roulait des yeux avec cet air d'exaspération typique des adolescents que l'on force à passer du temps en conversation sérieuse avec un adulte bien intentionné.

Finalement, j'ai porté mon attention sur Daniel. Il me fixait de ce regard très spécial que les garçons de neuf ans réservent à leur père. Le regard qui dit : « Comment pourrais-tu avoir la moindre idée de ce qu'est être un enfant à Noël ? »

Je réalisais qu'un laïus sur l'importance des traditions des fêtes ne serait d'aucune utilité. C'est à ce moment-là que j'ai compris ce qu'il me restait à faire.

— Je vais vous raconter une histoire, ai-je commencé. Essayez de voir ça comme une nouvelle tradition, une histoire que vous pourrez raconter à vos propres enfants chaque Noël.

Sam soupira bruyamment tout en s'installant à plat ventre sur le plancher.

— Une histoire prise dans un livre ? Ou une histoire inventée ? Lily était déjà tout ouïe. Elle s'approcha et grimpa sur le fauteuil à côté de moi.

— Une histoire que je connais par cœur, ai-je répondu. J'allais adapter quelques détails au goût du jour, de façon à ce qu'ils puissent mieux s'y retrouver.

Je voyais la neige qui tourbillonnait à la fenêtre en faisant disparaître le paysage tout autour. Tandis que la tempête faisait rage à l'extérieur, je pris une grande respiration et je commençai à raconter cette histoire que j'aurais dû leur raconter bien avant.

— C'était une journée très semblable à aujourd'hui, dans une ville qui ressemblait beaucoup à la nôtre. Ce jour-là, un garçon qui ne croyait pas que Noël valait qu'on se donne tant de mal fut pris dans une aventure qui allait changer à tout jamais sa vision de Noël...

Un

EVAN DARLING SE RENDIT péniblement de l'école à la maison, donnant des coups de pied dans les bancs de neige en ronchonnant. À peine 16 h 30, et le ciel était déjà noir. Il avait neigé toute la semaine et au bout de la rue, la pente pour les toboggans grouillait d'enfants. Mais pas question que sa mère le laisse sortir pour aller glisser plus tard dans la soirée. Son père était censé travailler tard au magasin, comme il l'avait fait chaque soir depuis le début du mois de décembre.

De l'eau glaciale entra dans sa botte pendant qu'il essayait, sans succès, d'enlever un énorme tas de neige près du bord. Evan rêvait du printemps. Il imaginait le grand champ derrière la maison, l'herbe fraîchement coupée, parfaite pour un match de baseball après le souper. Son père s'arrangeait toujours pour finir de bonne heure pour qu'ils puissent jouer une partie de balle avant le repas. S'arrêtant au milieu du trottoir, il ferma les yeux et laissa les gros flocons fondre sur ses lèvres. Il pouvait voir le soleil, de gros nuages de ouate blanche, les jeunes feuilles vertes découpées sur le bleu du ciel. Il ouvrit les yeux. Des branches d'arbres nus se détachaient telles des silhouettes noires dans le ciel couvert, et la neige – devenue grise et noire à cause de la circulation – s'était accumulée en bordure de la rue. Evan soupira. Il avait l'impression que le printemps n'arriverait jamais.

Il tourna le coin de la rue Principale, l'eau glacée faisant bruisser ses bottes à chacun de ses pas. Les petites boutiques alignées des deux côtés de la rue étaient bondées de gens qui allaient et venaient, les bras remplis de sacs et de paquets. Des guirlandes de pin vert foncé s'enroulaient autour des lampadaires qui commençaient tout juste à jeter leur éclairage. Des petites lumières blanches entouraient les fenêtres de quelques boutiques, tandis que des lumières clignotantes rouges et vertes encadraient les entrées des autres magasins. Les automobiles avançaient lentement, se faufilant prudemment au milieu de la foule de gens qui faisaient leurs courses et traversaient la rue.

Sur des câbles tendus d'un côté à l'autre de la rue pendaient des lumignons blancs en forme d'étoiles. La rue Principale scintillait de l'esprit de Noël, comme pour faire oublier la noirceur qui tombait sur cet après-midi d'hiver. Mais l'humeur d'Evan était aussi sombre que les nuages de neige qui avaient envahi le ciel en cette fin de journée. Les lumières scintillantes et la gaieté du décor ne pouvaient en rien lui remonter le moral, car, en ce qui le concernait, tout ce qui entourait Noël n'avait absolument rien à voir. *Pas rap !*

Par exemple, la fête organisée par l'école élémentaire à l'occasion de Noël. Les élèves de sa classe avaient dû rester plus tard pour mettre leur numéro au point. Même si la représentation devant toute l'école avait lieu demain, la moitié des élèves ne pouvaient toujours pas se rappeler leurs répliques, tandis que les autres ne s'intéressaient qu'aux étrennes qu'ils souhaitaient recevoir le soir de Noël, soit dans trois jours.

Evan avait eu le malheur de dire qu'il espérait que le père Noël lui apporte un nouveau lecteur CD et des élèves de sixième l'avaient entendu. Ils s'étaient moqués de lui, avant de le pousser sur le tas de neige dans la cour de l'école. Pas pour le lecteur CD, mais pour avoir dit espérer que le père Noël allait le lui apporter. Evan avait fini par dire qu'il prétendait seulement y croire à cause de sa petite sœur, mais au moment où il disait cela, il s'était senti comme un traître. Le père Noël – qu'Evan imaginait plus grand et plus mince, dans le genre du professeur Dumbledore dans *Harry Potter,* et portant toujours une tunique rouge – était l'une des rares choses qu'il trouvait vraiment spéciale à propos des fêtes : ce personnage et, bien sûr, les chants de Noël.

Evan adorait les cantiques. Écouter des chansons comme « Silent Night » ou « Noël blanc » lui procurait une sensation de chaleur qui prenait naissance dans sa poitrine et irradiait peu à peu tout son corps. Il connaissait toutes les paroles de toutes les chansons qui parlaient de Noël, et il adorait les chanter. Pour lui, elles étaient comme des incantations magiques qui évoquaient toute la saison des fêtes.

Bien sûr, certaines de ces chansons n'avaient aucun sens, comme « La guignolée ». Il croyait que la guignolée était quelque chose comme un sport d'hiver qui se pratiquait seulement dans la neige. Mais ce n'était pas vraiment important de savoir de quoi il s'agissait, cette chanson lui plaisait quand même.

En traversant la rue, il s'était mis à fredonner. Quand il eut fini de chantonner « Mon beau sapin », il se sentit un peu mieux. Il prit un raccourci et traversa le stationnement qui jouxtait la pharmacie et le marché.

Il n'y avait pas de voitures dans le stationnement. À l'autre bout, une vieille roulotte avec une remorque attachée à l'arrière avait été installée tout près de l'immeuble. À quelques pas de la remorque, dans un baril de métal qui avait été scié en deux, brûlait un petit feu de bois. Deux grosses bûches trônaient de chaque côté en guise de chaises. Du milieu du stationnement jusqu'au trottoir, des rangées et des rangées de sapins cachaient un plateau de sciage. Evan marcha entre les rangs de sapins, admirant les branches inclinées sous le poids de la nouvelle neige. Les grands arbres faisaient écran au bruit et à l'effervescence des rues tout autour ; un bref instant, il s'imagina au beau milieu de la forêt.

— Joyeux Noël Evan.

Même s'il s'y attendait, cette voix le fit sursauter.

— Hé, Léon. Evan se retourna en souriant. Joyeux Noël.

Léon Tannenbaum était l'être humain à l'allure la plus incroyable qu'il ait jamais vu. Il était petit et maigre, pas beaucoup plus grand qu'Evan, et avait de curieux cheveux carottes qui sortaient en mèches rebelles de sous sa vieille tuque dépenaillée. Il avait des yeux bleus brillants qui disparaissaient sous un réseau de rides et de plis lorsqu'il souriait, et il souriait presque sans arrêt. Il portait plusieurs couches de vêtements d'hiver aux couleurs vives, et ne semblait pas s'inquiéter du fait que les rayures vert fluo de son pantalon contrastaient avec les gros losanges rouges et blancs de son chandail. Pour compléter son accoutrement, il portait autour du cou plusieurs foulards rayés aux couleurs vibrantes, et les doigts de ses gants avaient été coupés.

Aussi loin que sa mémoire pouvait remonter, Evan se souvenait que chaque année, Léon Tannenbaum s'était arrêté à Holidayle quelques jours avant Noël, avec sa remorque d'arbres fraîchement coupés, et qu'il avait dressé boutique dans le stationnement. La famille d'Evan n'avait jamais acheté un seul sapin de Léon. Son père insistait plutôt pour poursuivre la tradition familiale, tradition qui consistait à se rendre dans le boisé derrière chez eux pour y couper un arbre et le traîner jusqu'à la maison. Malgré cela, chaque année, Evan avait hâte de voir Léon, et celui-ci ne semblait jamais offusqué que son jeune ami ne soit pas un client – il avait toujours l'air très content de le voir.

— J'ai un nouveau CD pour attirer la clientèle, dit Léon, le sourire fendu jusqu'aux oreilles. Il savait qu'Evan adorait la musique ; ils comparaient souvent leurs versions favorites des chansons de Noël. Léon se dirigea vers une grosse radio-cassettes portative posée sur une table improvisée au bord du trottoir, monta le volume, et resta planté là à écouter, la tête inclinée de côté, pendant qu'une riche mélodie emplissait l'air.

— C'est un chant médiéval, dit-il, en agitant sa main dans les airs au son de la musique.

Evan n'avait jamais rien entendu de pareil. Il écouta et entendit des cordes et des cloches, et peut-être une flûte. Puis des voix entonnèrent la chansondans une langue qu'il ne connaissait pas. Cela ne le dérangea pas ; il ferma seulement les yeux et laissa la musique le pénétrer. Prenant une profonde respiration, il sentit le parfum des sapins, le feu de bois et la neige fraîche.

— C'est ça Noël, n'est-ce pas ? dit Léon doucement.

Evan ouvrit les yeux et acquiesça.

— C'est parfait, mais je n'arrive pas à comprendre ce qu'ils chantent, dit-il.

— C'est en latin, expliqua Léon. Une langue ancienne pour une fête ancienne.

Evan essaya de s'imaginer un Noël ancien, une célébration à une époque d'avant l'électricité et les centres commerciaux. Franchement, il n'arrivait pas à imaginer ce que les gens faisaient dans ce temps-là.

— As-tu le temps de prendre une tasse de chocolat chaud? demanda Léon en allant chercher un thermos placé juste à côté de la radio-cassettes.

— Pas aujourd'hui, dit Evan. Je suis déjà en retard. Ma mère m'attend probablement avec un million de choses à faire, rien que parce que c'est Noël. Tu sais ce que c'est.

— Je vais regarder la neige tomber alors, dit Léon, en faisant au revoir de la main.

EVAN COURUT dans la rue. Il serait chez lui plus vite s'il coupait par le boisé derrière le stationnement ; sa maison était juste de l'autre côté. Mais il faisait déjà noir, et même en plein jour, le bois était difficile à traverser lorsqu'il y avait de la neige. Longeant plutôt les rues, il arriva rapidement à la maison.

La maison blanche de style colonial était sise sur le dernier terrain d'une rue en cul-de-sac. Impossible de ne pas la voir ; la mère d'Evan s'en était donnée à cœur joie dans les décorations de Noël. D'énormes guirlandes de pin entourées de rubans rouges pendaient des fenêtres du deuxième, illuminées par des projecteurs installés dans le parterre. Une autre grosse guirlande décorait l'entrée. Le réverbère en bordure du terrain était emballé de rouge et de blanc de manière à ressembler à une

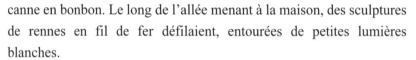

canne en bonbon. Le long de l'allée menant à la maison, des sculptures de rennes en fil de fer défilaient, entourées de petites lumières blanches.

Ayant fait le tour par le côté, Evan entra par la porte arrière et laissa tomber son sac à dos sur le plancher de la cuisine dans un bruit sourd. Sa mère était debout près du fourneau, y retirant des biscuits disposés sur des plaques métalliques. Elle ne se retourna même pas. Sa petite sœur Élyse était assise à la table de la cuisine, occupée à décorer des bonshommes en pain d'épices comme sur une chaîne de montage : elle étendait le glaçage, collait deux raisins pour les yeux, trois clous de girofle en guise de boutons, puis passait à une autre fournée. Elle ne levait jamais les yeux des rangs de biscuits alignés comme des soldats au garde-à-vous.

Evan enleva sa tuque de laine et se gratta la tête jusqu'à ce que ses cheveux châtains fassent des pics sur le dessus de son crâne. Il détestait cette tuque de laine piquante avec son motif de flocon de neige et les mitaines assorties, mais sa grand-maman lui en envoyait un ensemble identique chaque Noël. Laissant tomber sa tuque et ses mitaines sur la chaise à côté de la porte, il se débarrassa de son anorak et prit une profonde inspiration. La senteur poignante du pain d'épices emplit ses narines. Tout compte fait, peut-être n'y avait-il rien d'autre à apprécier de la saison des fêtes ; c'était la seule période de l'année où sa mère faisait autant à manger. Il marcha jusqu'à l'îlot au milieu de la cuisine et brisa la jambe d'un petit bonhomme en pain d'épices en train de refroidir.

— Mmmannn ! Il mange les biscuits en pain d'épices ! hurla Élyse, tout en arrachant la jambe à moitié mangée des mains d'Evan avec ses doigts collants.

— Evan James Darling ! Sa mère faillit échapper le plateau de biscuits qu'elle s'apprêtait à mettre au four. Ce sont les biscuits pour la fête de deuxième année demain !

— Désolé, marmonna Evan, des miettes plein la bouche.

— Prépare-toi à être très désolé, jeune homme, lança sa mère, qui fixait avec insistance les petites flaques de neige fondue qui parsemaient le plancher de la cuisine et entouraient les bottes d'Evan. Elle repoussa ses grosses mèches de cheveux bruns, ce qui laissa une traînée de farine sur son front. Même si elle portait un tablier décoré de sapins de Noël et d'oursons, elle n'avait pas l'air d'humeur très joyeuse. Elle avait visiblement très chaud et avait l'air fatiguée.

Dans le dos de sa mère, Élyse tira la langue à Evan et retourna à ses décorations.

— Désolé, dit Evan une autre fois, essayant de sortir de ses bottes sans faire d'autres dégâts sur le plancher.

Kelly, sa grande sœur, se pointa à la porte de la cuisine et regarda en direction de sa mère en mettant un doigt sur ses lèvres.

— Silence, articula-t-elle sans émettre le moindre son.

Kelly avait déjà son anorak sur le dos et ses bottes dans les mains. Elle se dirigea sur la pointe des pieds vers la porte arrière, Evan et Élyse la regardant silencieusement traverser la pièce à l'insu de leur mère. La main sur la poignée, Kelly entreprit d'ouvrir la porte en douce.

— Où vas-tu comme ça, jeune fille ?

La mère d'Evan ne s'était même pas retournée. Elle se penchait pour mettre un autre plateau de biscuits dans le four.

— Au centre commercial. Il faut que je trouve un cadeau pour Mitch.

Mitch était le petit ami de Kelly, et pour autant qu'on pouvait en déduire, la seule chose qui lui importait en dehors de sa coiffure.

— Je croyais que tu lui avais acheté un chandail.

— Il ne portera pas un chandail au Mexique, dit Kelly. J'ai pensé que je pourrais lui dénicher un tuba à la boutique de sport. Et puis, il n'est pas trop tard pour me trouver un nouveau maillot de bain.

Evan s'apprêta à sortir de la pièce. Il savait ce qui allait se passer ensuite. Kelly avait harcelé ses parents pour qu'ils lui donnent la permission de passer les vacances avec Mitch et sa famille. Leur départ était prévu pour la veille de Noël ; ils seraient de retour seulement le 26. Chaque année, durant la période des fêtes, Mitch et sa famille passaient leurs vacances dans un endroit différent. Evan avait souvent entendu le père de Mitch dire que Noël n'était qu'un autre long week-end de congé, et qu'ils étaient aussi bien d'en profiter pour aller dans quelque endroit extraordinaire. Mitch lui avait raconté qu'ils étaient déjà allés au Mexique et qu'il y faisait très chaud. Il avait passé toute la journée de Noël dans la piscine, et à jouer sur son Game Boy dans sa chambre d'hôtel.

Kelly avait harcelé ses parents à propos de ce voyage depuis le début du mois de décembre.

— Qu'y a-t-il de mal à vouloir faire quelque chose de différent pour Noël ? Pourquoi faut-il que nous fassions toujours la même chose ?

— Nous en avons discuté encore et encore, Kelly.

La maman d'Evan commençait toujours par répondre calmement.

— Tu n'iras nulle part à Noël. C'est une période pour rester avec sa famille.

— Et les amis. Et les gens qu'on aime, fit remarquer Kelly.

— Et *la famille*. La mère d'Evan se retourna pour faire face à Kelly.

Je t'en prie, pensa Evan, *ne roule pas des yeux.*

Kelly fit rouler ses yeux.

— Tu es allée au centre commercial chaque jour pendant les deux dernières semaines. J'aurais besoin d'un peu d'aide ici, poursuivit sa mère.

Ne dis pas « et quoi encore », supplia Evan en silence.

— Et quoi encore, dit Kelly d'un air renfrogné.

Evan fit la grimace.

— Allez. Enlève ce manteau, dit la mère en levant la voix. Tu n'iras pas plus loin qu'ici ce soir, et tu vas nous aider à terminer la corvée de Noël.

Kelly retira son manteau et se laissa choir sur une chaise de la cuisine. Elle commença à manger les raisins secs dont Élyse se servait pour les yeux.

La corvée de Noël, pensa Evan. Ce stupide congé des fêtes ne sert qu'à ça. Un tas de choses que tu es censé *vouloir* faire seulement parce qu'ils appellent cela *la tradition* : couper des arbres, les apporter dans la maison, les garnir de lumières, préparer des tourtières, magasiner sans arrêt jusqu'à ce que vous ayez acheté des tonnes de choses dont personne ne veut – comme des bas et des sous-vêtements –, installer les guirlandes et le gui, décorer la maison.

Evan fronça les sourcils en repensant à la plus rasoir des traditions : les baisers sous le gui.

L'année dernière, Amanda Rose, qui habite de l'autre côté de la rue, avait planté un gros baiser directement sur les lèvres d'Evan. Evan était resté figé sur place – il était devenu aussi rouge que le ruban de velours qui décorait la rampe de l'entrée où elle l'avait attrapé – pendant que tous les adultes riaient. Il avait eu un frisson et s'était immédiatement essuyé la bouche du revers de la main.

Les traditions, peuh ! C'est quoi l'idée de toute façon ? Pourquoi ne pas se contenter de célébrer Noël d'une nouvelle manière chaque année ? C'est peut-être la famille de Mitch qui a raison.

Deux

Evan bâilla et se frotta les yeux. Il versa ses céréales de Noël à la cannelle dans un bol en les faisant tourbillonner, puis souleva une pleine cuillerée de pépites rouges et vertes avant de les laisser retomber dans le lait. Il était épuisé. La corvée de la veille avait consisté à signer les cartes-photos annuelles du temps des fêtes. Il avait fallu qu'ils attendent que leur père soit rentré du magasin – tard comme d'habitude. Leur mère avait alors prié tout le monde de s'asseoir autour de lui pour les signatures. Evan avait eu des crampes dans les doigts à force de gribouiller son nom sur chacune des cartes. Ça l'avait tellement ennuyé de voir les visages souriants de toute sa famille – tous vêtus des mêmes chandails rouges et verts –, que sur deux des cartes, il avait dessiné une petite moustache à sa sœur Kelly. Une toute petite moustache. Vraiment. À peine un trait.

Malheureusement, Kelly n'entendait pas à rire. Une chose en amenant une autre, elle avait déchiré les cartes. Et le père avait piqué une colère. Il avait calculé le nombre exact de cartes dont ils avaient besoin cette année, avait-il gueulé hors de lui, pour enchaîner avec un discours sur le fait qu'ils devraient tous être particulièrement bons les uns envers les autres à cette période de l'année. Sa colère retombée, Kelly, vexée, était montée en trombe à l'étage. Evan avait été mis en punition dans sa chambre, et Élyse – à qui personne n'avait fait attention et qui s'était endormie au bout de la table – avait été transportée dans son lit.

Quand, un peu plus tard, Evan redescendit à pas de loup pour leur présenter ses excuses, il trouva ses parents toujours assis à la table en train de griffonner, des piles de cartes éparpillées devant eux.

Et le matin était venu – le matin de la fête de Noël de la cinquième année. Une autre journée perdue à l'école. Une autre journée où Evan n'aurait pas la chance d'aller jouer dans la nouvelle neige qu'il voyait s'accumuler en gros flocons légers par la fenêtre de la cuisine.

— N'oublie pas de revenir directement à la maison après l'école aujourd'hui, Evan. Sa mère enleva précipitamment son bol presque vide de sous sa cuiller. Ton père va rentrer tôt pour que nous puissions aller couper l'arbre. On va le décorer demain, c'est la veille de Noël.

— Pourquoi on n'irait pas le chercher la veille de Noël ? On va toujours le chercher la veille de Noël ! dit Evan.

— Les météorologues ont prédit que le blizzard du siècle commencerait ce soir, lui répondit sa mère. On va probablement crouler sous la neige d'ici à demain après-midi, alors on doit s'assurer que tout sera prêt.

Elle se tapa le front du revers de la main. « Ah ! mais j'y pense ! Il faut que j'aille faire des courses au centre commercial cet après-midi. J'emmène Élyse avec moi, mais je ne pourrai pas aller te chercher à l'école après la fête. Il faudra que tu reviennes à pied. »

Elle fixa Evan sans sourciller. « Directement à la maison. »

Evan acquiesça d'un air morose.

Kelly traversa la cuisine, portant un t-shirt avec l'inscription *Feliz Navidad*. Elle enfonçait vraiment le clou à propos du Mexique. Evan se préparait à l'explosion inévitable, mais sa mère s'était déjà retournée vers le comptoir et emballait les bonshommes en pain d'épices en rangs bien ordonnés.

Attrapant ses mitaines et sa tuque, Evan enfila son sac à dos et courut dehors pour aller attendre l'autobus sur le trottoir. Il n'avait vraiment pas envie d'aller à la fête. Monsieur Shariff, son titulaire de cinquième, avait écrit une pièce sur les traditions de Noël, mais, disait-il fièrement à ses élèves, je les ai mises « au goût du jour ».

Le numéro d'Evan était une chanson rap intitulée « Yo, les anges dans nos campagnes ».

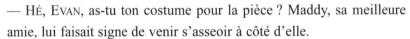

— HÉ, EVAN, as-tu ton costume pour la pièce ? Maddy, sa meilleure amie, lui faisait signe de venir s'asseoir à côté d'elle.

Son costume ! En panique, Evan ouvrit son sac à dos rempli de feuilles à dessin froissées et d'une vieille bande dessinée, qu'il tassa pour voir dessous. Il aperçut une tache bleue dans le fond de son sac.

— Je l'ai, dit-il soulagé, ramenant la tunique de berger froissée sur le dessus.

— Bon sang, Evan, elle est plutôt mal en point, dit Maddy en fronçant les sourcils.

— De toute façon, je ne comprends pas pourquoi il faut porter ce déguisement stupide. Le costume était une autre des choses qu'il détestait dans cette fête.

— Techniquement parlant, c'est un « vêtement de cérémonie », fit remarquer Maddy.

Evan remit la tunique bleue dans son sac à dos.

— Je serai le berger qui n'a pas eu le temps d'apporter ses fringues chez le teinturier, dit-il. Je serai le berger qui était si occupé aux corvées de Noël, qu'il a passé complètement à côté. Il était dans un train roulant.

— Tu sais, dit Maddy, tu es vraiment en train de te changer en trouble-fête.

— Je ne vois simplement pas l'intérêt de ces « traditions » qu'il faut respecter. Je veux dire, pourquoi est-ce aussi important de décorer un arbre avec des lumières ? Pourquoi faut-il que tout soit rouge et vert ? Y a-t-il vraiment un père Noël ? S'il y en a un, à quoi sert-il ? Sinon, alors pourquoi est-ce que tout le monde continue d'en parler ?

Il prit une grande respiration.

— Et puis, veux-tu bien me dire à quoi sert la guignolée, de toute façon ?

— Alors, qu'est-ce que tu proposes ? Qu'on laisse tomber toutes les traditions des fêtes, qu'on se contente de déballer nos étrennes ?

Maddy souleva un sourcil, un truc au poil qu'Evan avait toujours souhaité pouvoir faire.

— Ouais, ce serait parfait pour moi, répondit-il, sachant que ce n'était pas du tout ce qu'il voulait.

Evan était un garçon raisonnable, et s'il y avait une raison de faire quelque chose, il voulait seulement savoir laquelle.

L'autobus s'arrêta devant l'école élémentaire de Holidayle.

— Allons, viens, trouble-fête.

Maddy souriait tout en faisant valser ses longues nattes brunes sur ses épaules.

— Tu sais ce qu'on dit ? Ce n'est pas Noël tant que les bergers ne sont pas arrivés à Bethléem.

Evan suivit Maddy jusque dans leur classe où monsieur Shariff, un homme petit, maigre, à moitié chauve, ne savait plus où donner de la tête.

— Ok, par ici les bergers. Les chameaux, à vos places ! Les rois mages ! Les rois mages ! Bougez-vous un peu.

Evan alla prendre sa place à côté de Jack Nelson et de Caleb Stern, les deux autres bergers. Il soupira quand Jack lui enfonça son coude dans les côtes pendant qu'ils prenaient leur place. Caleb et Jack étaient toujours en train de déconner – changeant les paroles de la chanson, se trompant dans les mouvements de danse, essayant de faire prendre l'autre – ou mieux encore, Evan – en faute par monsieur Shariff.

— D'accord, reprenons du début !

M. Shariff avançait, les mains sur les hanches, entre les rangées de pupitres.

Evan, Jack et Caleb reculèrent. Pointant leur doigt vers le plancher, comme pour montrer le petit village à leurs pieds, ils *rappèrent* :

> *Yo, les anges dans nos campagnes*
> *Ont entonné l'hymne des cieux*
> *Et l'écho de nos montagnes*
> *Redit ce chant mélodieux*

— Waaah ! À la fin de leur prestation, M. Shariff brandit son poing dans les airs. Les enfants, c'était génial. Ça *rockait* à mon goût !

Les trois bergers reprirent leur position originale dans le tableau.

— Restez là, dit le titulaire.

M. Shariff était renommé pour ses brillantes idées de dernière minute. Evan pouvait pratiquement voir l'ampoule s'allumer au-dessus de la tête de son professeur.

— Il nous faut une fin étonnante pour ce numéro. Evan, tu t'installes ici, comme ça. Il déplaça Evan légèrement vers le devant de la scène, et lui fit lever la main comme pour indiquer l'étoile polaire. Il plaça Jack et Caleb juste derrière lui et leur demanda de plier un genou et de faire de grands gestes dans la même direction.

Evan ne pouvait plus voir Jack et Caleb, et ça le rendait très nerveux. Mais M. Shariff avait eu une vision artistique et la scène était au poil.

— Parfait. Ensuite, Jack et Caleb se relèvent, puis Evan conduit tout le monde à droite, en dehors de la scène.

M. Shariff souriait de bonheur.

— Ce sera magnifique !

ON NE FIT PAS grand-chose d'autre dans la classe d'Evan ce jour-là, comme chaque jour avant le long congé des fêtes. Une maman apporta des bonshommes en pain d'épices, et le père d'un autre élève envoya des cannes en bonbon. Jack et Caleb y allèrent d'une interprétation de « Vive le vent, vole Tarzan » devant la classe, et madame Hunter, la bibliothécaire, vint dans la classe pour leur lire *La petite fille aux allumettes*.

Enfin, Evan se retrouva debout à l'arrière de la scène, parmi les elfes, les cannes en bonbon dansantes, un chœur d'anges et assez d'animaux de la nativité pour remplir une ferme. Le reste de l'école avait pris place dans l'auditorium. On avait éteint les lumières. Il pouvait entendre des pieds qu'on traîne et les chuchotements des spectateurs surexcités.

Evan était nerveux. La nuit précédente, il avait fait le cauchemar que font la plupart des comédiens amateurs : celui où vous vous retrouvez sur une scène pour vous apercevoir que vous ne portez pas de sous-vêtements. Son père lui avait dit de ne pas s'en faire ; qu'il imagine plutôt toutes les personnes de l'assistance vêtues seulement de leurs sous-vêtements. Evan eut un frisson en pensant à madame Hanover, la dame de la cafétéria. Pas question pour lui d'essayer cette technique.

— Evan !

Evan sursauta quand M. Shariff, arrivant par derrière, lui chuchota à l'oreille : « Je peux voir ton jean. Les bergers ne portaient pas de jeans. »

Evan était persuadé que les bergers n'avaient jamais fait non plus une version rap des « Anges dans nos campagnes ». Il regarda dans la direction de Jack et Caleb, espérant en dépit de tout un peu de solidarité. Souriant malicieusement, Jack et Caleb remontèrent leur long vêtement pour lui montrer leurs shorts de gymnastique.

Déjoué une fois de plus, Evan soupira et laissa tomber son jean. Il sentit un petit courant d'air frais lui caresser les jambes. C'était le comble ; à présent, il avait vraiment l'impression de porter une robe. M. Shariff gesticula pour dire aux bergers de monter sur la scène, pendant qu'Evan tirait un dernier coup sur la longue fermeture éclair qui descendait du col de sa tunique jusqu'à l'ourlet, juste au-dessus de ses sandales. Puis il marcha sur la scène, suivi de Jack et Caleb, qui par bonheur ne changèrent pas les paroles de la chanson, se contentant de les hurler comme s'ils étaient en compétition pour un spot de rap à la télé ou quelque chose du genre.

Le public applaudit à tout rompre lorsqu'ils eurent terminé et Evan osa un petit sourire. Derrière lui, Jack et Caleb avaient repris leur position debout.

— Avance, Evan, siffla Jack.

La salle avait cessé d'applaudir et restait poliment assise. Evan fit un pas rapide vers l'avant. Pendant qu'il avançait, il sentit que sa tunique restait accrochée. M. Shariff faisait de grands signes énergiques en direction des bergers pour qu'ils quittent la scène. Énervé, Evan tira sur le dos de sa tunique et avança encore un peu. Il entendit quelques hennissements derrière lui, puis des éclats de rire venant du public. Il fallait qu'il quitte la scène ! Tout en faisant un pas de géant vers l'avant, il jeta un coup d'œil par-dessus son épaule. Il s'aperçut, horrifié, que Jack et Caleb marchaient carrément sur l'ourlet de sa tunique et n'avaient aucune intention de bouger de là. Au moment où il sentait s'ouvrir sa fermeture éclair, Evan entendit l'auditorium qui éclatait de rire. Avec toute la dignité dont il était capable, il sortit de sa tunique de berger et quitta la scène. Puis il renfila son jean et sortit de l'auditorium.

Imagine-les dans *leurs* sous-vêtements… la belle affaire !

PENDANT QU'IL RENTRAIT chez lui, la neige tombait sans arrêt. Des flocons glacés s'accrochaient à ses cils et venaient cingler ses joues. Enfonçant plus profondément la tête dans son anorak, il marchait tête baissée contre le vent et avançait à tâtons en direction de la maison.

— Hé, Evan, pourquoi cet air maussade, l'ami ? Léon était assis devant sa roulotte, se réchauffant les mains au-dessus du feu. Il fit signe à Evan.

Evan alla le rejoindre. Il s'assit sur une caisse de lait en face de Léon et se rapprocha de la braise.

— Je déteste Noël, dit-il sur un ton catégorique.

— Tu n'es pas sérieux ! dit Léon sous le choc.

— En fait, ce n'est pas Noël que je déteste, le rassura Evan. Je déteste signer des cartes, le gui, enjamber les bancs de neige pour aller couper un sapin, et je déteste surtout les célébrations de Noël à l'école. Toutes les conneries que tout le monde dit qu'il faut faire pour que ça ait l'air de Noël.

— Toutes ces « conneries » sont exactement ce qui rend la période des fêtes spéciale, dit Léon. Il y a des siècles que les gens répètent les mêmes gestes.

— Alors pourquoi est-ce que tout le monde essaie de les servir à la moderne ? demanda Evan. Comme de changer les cantiques de Noël en chansons rap. Tout le monde a l'air de trouver ça tellement *cool*.

— Les traditions peuvent être changées et évoluer avec le temps, dit Léon d'un air pensif. Mais celles qui restent – celles qui traversent le temps – sont celles qui importent vraiment. Je parie qu'il y a certaines choses que tu aimes faire chaque année. Des choses qui font que tu retrouves l'esprit de Noël.

Evan acquiesça.

— J'aime la musique, admit-il. Et rester étendu sous le sapin dans le noir, pour que toutes les lumières scintillent au-dessus de ma tête comme des étoiles. Et la senteur du pain d'épices.

— Exactement. Léon fixait Evan avec bienveillance. Bouge pas, mon pote. J'ai quelque chose à te montrer.

Evan vit Léon sauter et ouvrir la porte grinçante de la roulotte. Le petit homme disparut à l'intérieur et Evan entendit des boums et des bangs mystérieux. Au bout de quelques minutes, Léon réapparut avec une boîte qu'il tenait triomphalement au-dessus de sa tête.

— Je l'ai trouvée, claironna-t-il.

Se rassoyant sur son banc, il entreprit de repousser les épaisseurs de papier de soie rouge et vert.

— Ferme les yeux et donne tes mains, dit-il à Evan. Ne regarde pas.

Evan ferma ses yeux très fort, ses paumes tournées vers le ciel dans un geste obéissant.

Il sentit un poids se poser sur ses mains.

— Ok, dit Léon. Ouvre les yeux !

Evan ouvrit les yeux et regarda. Il tenait entre ses mains le plus magnifique globe de neige jamais vu. Doucement, il caressa de sa paume le dôme de verre lisse. À l'intérieur, le plus ravissant village de Noël reposait au pied d'un magnifique château. Il renversa le globe puis le remit à l'endroit. Pendant que la neige se posait au sol en tourbillonnant, il admira les minuscules conifères et les coquettes chaumières blanches nichées parmi eux. La scène semblait si réelle, qu'il aurait juré qu'il pouvait voir la fumée sortir des cheminées et s'envoler au-dessus des toits rouges.

Il imagina les familles à l'intérieur des maisonnettes, rassemblées autour de sapins de Noël parfumés et garnis de minuscules lumières blanches. Il pouvait sentir les marrons grillés et entendre les voix angéliques d'un chœur qui chantait « Sainte nuit ».

L'imposant château scintillait d'or en surplomb du village, ses remparts habillés de bannières multicolores. Evan devinait que les couloirs étaient parsemés de torches allumées, et que les seigneurs et leurs dames, arborant leurs plus beaux atours, arpentaient les corridors garnis de lierre et de pin. Il colla son nez à la paroi du globe.

Relevant la tête, il vit que Léon le regardait.

— Tu as vu le train à l'extérieur du globe de neige ? demanda Léon.

Evan fit oui de la tête.

— Retourne-le.

Evan prit doucement la cheminée du train et le retourna. Lorsqu'il relâcha sa prise, le train commença à tourner autour du globe de neige pendant que le doux son d'une boîte à musique emplissait l'atmosphère. Même s'il avait cru connaître tous les chants de Noël, Evan n'arrivait pas à identifier cet air. Mais il savait d'instinct qu'il s'agissait d'un cantique de Noël.

Il tenait le globe de neige dans les airs, devant le ciel d'hiver, et regardait les flocons se poser doucement.

— C'est comme si je tenais Noël entre mes mains, murmura-t-il.

Léon avait l'air satisfait.

— Je savais que tu étais la bonne personne.

Evan lui tendit la boule enneigée.

— Merci de m'avoir permis de voir cela, dit-il, hésitant à s'en défaire.

— Elle est à toi, dit Léon. Considère cela comme un cadeau de Noël à l'avance.

— C'est vrai ? Evan serra son trésor contre son cœur, comme s'il avait peur que Léon change d'idée. Merci ! Je vais y faire très attention.

— Je n'en doute pas une minute, dit Léon.

Evan s'aperçut soudain que le ciel était devenu plus menaçant encore. Combien de temps était-il resté assis ainsi devant le feu de bois ?

— Hé, Léon, sais-tu quelle heure il est ?

— Désolé l'ami, je ne porte jamais de montre. Léon jeta un coup d'œil au ciel sombre. On dirait bien, par contre, que la tempête s'amène.

— Ma mère va me tuer, lâcha-t-il en se levant. On est censés sortir pour couper un arbre de Noël.

Il regarda tous les arbres qui restaient encore à Léon.

— Ce n'est pas que tes sapins ne sont pas beaux, ajouta-t-il aussitôt. C'est plutôt une stupide tradition qui vient de mon père.

— Aucune tradition qui vaut la peine qu'on la perpétue n'est stupide, dit Léon gentiment. Tu ferais mieux de rentrer vite chez toi.

Evan s'empara de son sac à dos et en sortit sa tunique de berger toute froissée. Il l'enroula soigneusement autour du globe de neige et le déposa avec précaution dans son sac. Passant ses bras dans les courroies du sac, il salua son ami de la main et entreprit de traverser stationnement d'un pas décidé.

Arrivé au bout du terrain de stationnement, Evan hésita. La neige tourbillonnait en un épais rideau de blancheur. Il traversa la rue en luttant contre le vent. Il pouvait à peine voir le trottoir de l'autre côté. Il entendait la voix de sa mère dans sa tête : « Evan James Darling, ne t'avais-je pas dit de rentrer directement à la maison après l'école ? Où étais-tu ? »

Espérant rattraper son retard, Evan changea abruptement de direction, coupant par les bois entre le stationnement et sa maison. Il se disait que la neige ne tomberait pas aussi fort dans la forêt et qu'il serait plus vite à la maison.

Ayant fait la moitié du chemin à travers le bois, il réalisa qu'il avait eu tort. Vraiment tort.

La neige balayait la forêt par couches aveuglantes. Les sentiers battus qui marquaient les endroits favoris pour la glissade descendant vers le ravin, disparaissaient sous les bancs de neige changeants. Evan luttait pour se frayer un chemin dans la partie la plus profonde de la neige. Une fois, il eut de la neige jusqu'aux cuisses ; une autre fois, sous la force de la succion, son pied sortit de sa botte.

Chaque minute, il avait de plus en plus froid et était de plus en plus épuisé. Désespéré, il cherchait autour de lui le scintillement des lumières de sa maison à travers les arbres. Il s'arrêta et tendit l'oreille pour détecter les bruits de la circulation ou tout autre bruit indiquant de quel côté était la rue. Mais il n'entendit que le silence.

Pas de panique, se disait-il. Il tourna lentement en rond, et remarqua que les marques de ses pieds avaient déjà été effacées par la tempête.

Son nez s'était mis à couler sans interruption et ses yeux pleuraient à cause du vent. Il avançait avec effort.

— À l'aide ! cria-t-il aussi fort qu'il le pouvait. Le vent cuisant s'emparait de ses mots et les faisait rebondir sur les branches nues. À l'aide ! Sa voix se faisait maintenant suppliante.

Evan avait les jambes lourdes comme du plomb, mais il leur commandait d'avancer toujours plus vite jusqu'à les faire courir et trébucher sous la bourrasque. Une branche sèche lui arracha sa tuque, mais il n'osa pas s'arrêter. Il fallait qu'il continue. Il savait que c'était lui contre la tempête à présent. À quelques mètres à peine de sa maison, il luttait pour sa survie.

Il trébucha sur un gros amas de neige et perdit l'équilibre. Il ouvrit les bras en croix pour arrêter sa chute, mais il enfonça tout de même jusqu'aux coudes dans la neige. Se redressant, il se battit avec la force du désespoir pour arriver au but. Il ne savait plus s'il marchait en direction de la maison ; il savait seulement qu'il fallait qu'il sorte de la forêt. De chaque côté de l'endroit où il était, il y avait des gens, des boutiques chaudes, et sa propre demeure. Du moment qu'il ne tournait pas en rond, il pouvait s'en sortir.

Pas de panique, se dit-il encore.

Mais les larmes dans ses yeux n'étaient plus un effet du froid.

Son monde était carrément noir et blanc : la nuit, la bourrasque, la neige qui tombait.

Evan fit un autre pas maladroit en avant et tomba soudain à la renverse, faisant plusieurs tonneaux, tel une avalanche humaine. *Je suppose que j'ai trouvé le ravin*, arriva-t-il à penser, tandis que son sac à dos se détachait de ses bras agités.

Puis soudain, avec une violence étonnante, le sol vint à sa rencontre. *J'ignorais que la neige pouvait être aussi dure,* pensa Evan. Il sentit une douleur aiguë lui traverser la tête, puis il sombra dans le noir.

JEN ENJAMBA la porte du séjour, transportant un plateau de sandwichs et de tasses fumantes de chocolat chaud à la cannelle.

— C'est l'heure de la collation, annonça-t-elle. En fait, il est presque quatorze heures.

— Pas étonnant que je meure de faim, s'exclama Sam en avalant un demi-sandwich d'un seul coup.

— La tempête s'installe vraiment, dit Jen. J'ai écouté les nouvelles à la radio ; on annonce un mètre et demi de neige d'ici à demain matin.

Je pouvais entendre siffler le vent qui passait en bourrasque au coin de la maison. Des murs de neige venaient fouetter la fenêtre. L'après-midi était sombre et le séjour baignait dans la pénombre. J'ai tendu le bras pour allumer la lampe de lecture à côté de mon fauteuil. Une lumière chaude remplit le salon. C'est à ce moment-là que la lampe cligna une fois, deux fois, puis s'éteignit.

— Eh, oh, panne d'électricité, dit Jen en se levant pour regarder dehors.

— Ils ne pourront jamais envoyer une équipe de techniciens dans cette tempête, ai-je dit. Autant se préparer.

Jen alla dans la cuisine et revint avec plusieurs longues chandelles. Pendant qu'elle les installait dans tous les coins de la pièce, j'allumais un petit feu dans l'âtre. Les enfants mangeaient leur collation d'un air content en nous regardant travailler.

Avec le feu de bois et les bougies allumées, la pièce avait l'air d'un refuge chaleureux contre la tempête. Jen retourna dans la cuisine et revint avec un plateau de biscuits de pain d'épices chauds.

— Je les ai faits pour des visiteurs éventuels, expliqua-t-elle, même si je suis convaincue qu'il n'en viendra aucun ce soir.

Elle avait raison. Tout semblait indiquer que nous serions tous paralysés par la neige avant la nuit. Je songeais au magnifique sapin de Noël qui nous attendait dans les bois derrière la maison.

— Finis l'histoire, papa, dit Lily en me tirant le bras.

— Oui, qu'est-ce qui est arrivé à Evan ? demanda Daniel.

J'ai pris une tasse de chocolat chaud. Mes enfants étaient là où je voulais qu'ils soient. Les météorologues étaient toujours beaucoup trop pessimistes. J'aurais parié que la tempête allait se calmer, et que nous pourrions couper un arbre plus tard.

Dans le pire des cas, je sortirais pour en acheter un, rien que pour cette fois-ci.

Trois

EVAN S'ASSIT TRANQUILLEMENT, se frottant la tête avec précaution. D'épais flocons de neige immaculée tombèrent lourdement au sol. Il vit que la tempête s'était calmée. Sans précipitation, il se remit debout et entreprit d'escalader l'autre côté du ravin. Il fut soulagé de voir qu'il pouvait distinguer les contours des rues et des immeubles.

Maman va me tuer parce que je suis en retard, pensa-t-il, imaginant toute sa famille en train de l'attendre, son père faisant

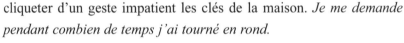

cliqueter d'un geste impatient les clés de la maison. *Je me demande pendant combien de temps j'ai tourné en rond.*

Il marcha jusqu'à l'orée des arbres et s'arrêta net. Il enleva sa mitaine et se frotta les yeux du revers de la main. Il était bien sur un trottoir. Mais ce n'était pas un trottoir de Holidayle. Éperdu, il se retourna une autre fois pour tâcher de voir les chapelets de lumières rouges et vertes qui illuminaient les magasins de la rue Principale. Mais il ne vit rien d'autre que des petites boutiques ordonnées, sombres et closes. Aucun signe de vie. Aucun passant en train de faire ses courses, aucune échoppe éclairée de néons et de lumières scintillantes. Aucun cantique de Noël diffusé par de minuscules haut-parleurs. Tout était silencieux. Trop silencieux.

Evan se mit à courir sur le trottoir. Sans doute trouverait-il quelqu'un qui pourrait lui dire où il était. Il prit une rue transversale et ralentit le pas. Il était dans un quartier aux cottages bien alignés, mais comme les boutiques, tous semblaient complètement déserts. Aucune automobile dans les entrées, aucun traîneau oublié sur les parterres. Les intérieurs aussi étaient plongés dans le noir.

Sidéré, il perdit pied et s'effondra sur un amas de neige. Il n'avait aucune idée de l'endroit où il se trouvait, mais où qu'il fût, c'était une ville fantôme. La neige le glaçait ; il releva la tête ; ses pensées se bousculaient. Il fixa le ciel, un ciel étrangement luisant, sombre, sans lune.

Au loin, il crut apercevoir un filet de lumière. S'efforçant de voir à distance, il grimpa sur le tas de neige. Encore une fois, il aperçut la lueur, telle une étoile minuscule au milieu de la colline, juste au-delà des limites de la ville. Déterminé à trouver quelqu'un, n'importe qui, qui pourrait lui dire ce que tout cela pouvait bien signifier, Evan sauta du banc de neige et se mit à arpenter la rue déserte. Ses bottes claquaient pendant qu'il courait sur le trottoir enneigé, et son souffle résonnait dans ses oreilles avant de se changer en frimas au contact de l'air glacial.

Il balaya des yeux le flanc du coteau afin de retrouver le filet de lumière, puis poursuivit sa course dans cette direction. Parvenu très vite à la base rocheuse d'une haute colline, il emprunta un sentier à travers les rochers. En regardant au loin pour tâcher d'apercevoir la lumière, il réalisa qu'il y avait une grosse bâtisse en haut de la colline. Il écarquilla les yeux lorsqu'il aperçut deux tours érigées de chaque côté de l'entrée. Des bannières déchirées pendaient des fenêtres longues et étroites.

— C'est un château, marmonna-t-il.

Il suspendit son ascension et se retourna. Du milieu de la colline, il regarda la ville déserte, plus noire encore à la nuit tombante. Il regarda à nouveau le château autrefois magnifique et leva les yeux vers ce firmament trop lisse. La scène lui semblait étrangement familière.

Puis cela le frappa.

Confus, il se tâta les épaules pour sentir les courroies de son sac à dos. Il n'y était pas.

— Je rêve, dit-il à haute voix en se pinçant le bras aussi fort qu'il le pouvait. Il plissa les yeux fermement puis les rouvrit.

Il regarda en haut ; le château était toujours là, au-dessus de lui. Il regarda en bas, vers le village déserté. Et soudain, il sut exactement où il se trouvait.

— Je ne rêve pas, s'exclama-t-il, je suis dans le globe !

LE FAIT DE SAVOIR où il était ne lui fut d'aucun réconfort. Il n'essaya même pas de comprendre comment il avait pu se retrouver à l'intérieur d'une décoration de Noël. Au plus profond de son être, il savait que c'était vrai. Il savait aussi qu'il fallait qu'il sorte de cette froidure.

Comme ce château sombre et spectral ne lui semblait pas très invitant, il entreprit de redescendre les rochers, espérant trouver quelqu'un dans une des maisons.

Une fois arrivé au village, il alla de porte en porte, frappant et appelant : « Y a quelqu'un ? Allô ? »

Ayant cogné à une dizaine de portes sans succès, Evan était sur le point de laisser tomber.

— Une dernière tentative, marmonna-t-il entre ses dents qui claquaient, tout en suivant le trottoir en direction d'un petit cottage blanc très coquet.

Des fenêtres sombres encadraient l'entrée, et comme il se penchait pour regarder à l'intérieur, son souffle fit givrer les carreaux. Personne là non plus.

Sans grand espoir, il leva le poing et cogna à la porte. Il sentit des aiguilles picoter ses mains gelées pendant qu'il frappait contre le bois.

— Allô ? dit-il.

Pas de réponse.

— Y a quelqu'un à la maison ?

La demeure restait silencieuse.

Désespéré, affaibli par le froid, il s'appuya contre la porte. Lentement, silencieusement, la porte s'ouvrit. Evan perdit pied avant de se remettre en équilibre. Devait-il entrer ? Était-ce correct de prendre la liberté d'entrer lorsque vous étiez gelé et égaré ?

Prudemment, il fit un pas à l'intérieur. Bien qu'inhabitée, la maison était plus chaude que le dehors, et Evan referma la porte derrière lui pour empêcher le froid d'y pénétrer. Il resta debout dans le hall et regarda autour de lui.

— Allô ? dit-il encore, tout doucement.

Evan enleva ses bottes, piétinant les carreaux d'ardoises pour se réchauffer les pieds. À sa droite, il aperçut une confortable salle de séjour. Un canapé énorme avait été tiré devant une cheminée vide. Épuisé, il se rendit jusqu'au canapé et s'étendit. Un plaid aux couleurs vives avait été jeté sur les bras du sofa, et il le remonta fermement sur ses épaules.

Étendu dans le noir, il pensait à sa mère, à son père et à ses sœurs. Depuis combien de temps était-il absent ? S'étaient-ils déjà aperçus qu'il manquait à l'appel ? Il ferma les yeux et imagina sa maison. Il vit le chandelier doré à la fenêtre, les rubans rouge vif qui égayaient les guirlandes. La maison baignait dans la chaleur et l'allégresse de Noël.

Il pouvait presque sentir les bonshommes en pain d'épice qui cuisaient dans le four. Les larmes coulèrent sous ses paupières closes.

— Il faut que je rentre chez moi, dit-il à la demeure vide, il faut que je sois à la maison pour Noël.

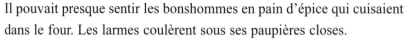

EVAN SE RÉVEILLA en sursaut. Pendant une minute, il ne sut plus où il était. Il réalisa qu'il était tombé endormi. Il avait rêvé qu'il s'était rendu dans la forêt pour aller couper un sapin. Son père ayant coupé le tronc à la scie, l'arbre avait chancelé, puis était tombé avec grand fracas sur le tapis de neige.

Il secoua la tête. Les arbres qui tombent dans la neige ne font aucun bruit. Il se recroquevilla sur le sofa, se faisant aussi petit qu'il le pouvait, et tendit l'oreille au silence.

Crac.

Encore ce bruit.

Bing. Crac. Bang.

Les bruits provenaient de la cuisine.

Espérant que la famille qui vivait là soit de retour, il se releva et se traîna jusqu'à la porte d'entrée.

Malgré le bruit, il n'y avait pas de lumière dans la cuisine. Le cœur battant, Evan longea le couloir sur la pointe des pieds, vers l'endroit d'où venait le bruit. Arrivé dans l'embrasure de la porte, il regarda tout autour.

Dans la lueur blafarde du réfrigérateur, il pouvait distinguer la silhouette d'un être petit et mince. Il ressemblait à un enfant pas tellement plus grand que lui. Avalant péniblement et prenant sur lui, il avança d'un pas.

— Pardon, articula-t-il.

— Ahiaaahh ! hurla la silhouette qui s'éloignait du frigo en échappant une pleine brassée de fromage, de pain, de pommes et d'oranges. Une orange roula en direction d'Evan et il se pencha pour la ramasser.

— Tenez, dit-il, en tendant la main. Désolé, je ne voulais pas vous effrayer.

La silhouette s'approcha et Evan put voir qu'il ne s'agissait pas d'un enfant, mais d'un petit homme. Ses traits étaient anguleux, mais agréables. Il était vêtu d'oripeaux qui avaient déjà été de couleurs vives, mais à l'usure, les couleurs s'étaient estompées. Il portait une longue cape à glands relevée jusqu'aux oreilles, et des bottes bizarres au bout retroussé.

— Qui es-tu ? glapit le petit homme.

— Evan Darling. Je suis perdu, expliqua-t-il. Je suis désolé d'être entré chez vous, mais personne n'a répondu quand j'ai frappé.

— Euh, bien sûr que personne n'a répondu, dit le petit homme tout en ramassant la nourriture sur le plancher de la cuisine. Y a personne à la maison.

— Vous êtes là, fit remarquer Evan.

— Je ne suis pas chez moi ici, répliqua-t-il.

— Alors, qu'est-ce que vous faites ici ? demanda Evan.

— Qu'est-ce que *tu* fais ici ?

— Je vous l'ai dit. Je me suis égaré. J'ai besoin qu'on m'aide à rentrer chez moi.

— Tu n'es pas du coin ? Le petit homme se rapprocha, étudiant Evan avec curiosité.

— Je vis à Holidayle, expliqua Evan. D'ailleurs, où sommes-nous exactement ici ?

— Tu l'ignores ?

Evan était un peu fatigué qu'il réponde à ses questions par d'autres questions. Après tout, il se posait lui-même un million de questions. Que dire d'un village entier dans un globe de neige ? Où étaient tous les habitants ? Et quelle était l'histoire du gros château en haut de la colline ?

— Écoutez, dit-il sans se soucier d'avoir l'air ridicule. Je rentrais vite à la maison pendant une tempête, et la première chose que je sais, je me retrouve ici, dans un globe de neige. Je veux rentrer chez moi.

Le petit homme sourit. Son visage s'illumina et Evan remarqua soudain qu'il avait des yeux bleus très brillants.

— Alors tu sais où tu es ?

Le petit homme tira une chaise et fit un geste pour inviter Evan à s'asseoir.

— Je me demandais quand quelqu'un viendrait, se dit-il à lui-même, en faisant un pas vers la porte de la cuisine. Cela fait terriblement longtemps. Comment être sûr que c'est le bon ? Il me faut procéder avec prudence. Je ne peux me permettre d'être trop impatient.

— Que voulez-vous dire par longtemps ? Le bon ? Evan était de plus en plus confus. Écoutez, M…

— Noël Beausapin II, dit le petit homme, serrant la main d'Evan dans la sienne et la secouant vigoureusement.

— Eh bien, M. Beausapin, commença Evan.

— Je t'en prie, la plupart des gens m'appellent Noël Deux.

— Pour quelle raison ?

— Mon père était le premier Noël, fit le petit homme avec un geste dédaigneux de la main. Ah, tant pis, appelle-moi Noël.

— Puis-je vous poser une question ? dit Evan.

Noël fit oui de la tête.

— Quel jour sommes-nous ?

— Le vingt et un décembre, répondit Noël.

Evan écarquilla les yeux de surprise. Il avait donc, pour ainsi dire, perdu deux jours. C'est très bien, se dit-il. Maintenant, c'est sûr que je pourrai rentrer à la maison pour Noël.

— Et où sont-ils tous passés ? continua Evan. Ne devraient-ils pas tous être ici en train de se préparer pour la Noël ?

— Oh, ils croient qu'ils sont en train de se préparer à fêter Noël comme il se doit. Puis Noël grommela d'un air sombre : « Pauvres fous. »

Pendant qu'Evan le regardait, la colère disparut peu à peu du visage du petit homme et ses épaules s'affaissèrent. Lorsqu'il leva à nouveau le regard sur Evan, ses yeux bleus brillants lui semblèrent plus sombres.

— Ils rentreront bien assez tôt, dit-il d'un air renfrogné. Le vingt-sept décembre. Avec l'exactitude d'une horloge.

Dès que Noël eut prononcé le mot « maison », la curiosité d'Evan à propos de l'étrange village s'estompa. Une seule question lui importait.

— Comment puis-je rentrer chez moi, Noël ? demanda Evan.

— Je ne peux pas répondre à ça, mon jeune ami, mais je sais où tu pourrais aller t'informer, dit Noël sur un ton mystérieux.

Evan reprit espoir. « Où ? » demanda-t-il avec ferveur.

Noël marcha vers la porte d'entrée en faisant signe à Evan de le suivre. Il sortit sur le porche et pointa le doigt en direction d'une élévation de l'autre côté du village, à l'opposé du château.

Evan plissa les yeux dans le noir. Graduellement, il vit apparaître les contours d'un immeuble bas et carré, érigé sur une petite colline juste au-delà du pâté de maisons. Aucune lumière chaude et accueillante n'illuminait sa façade dépourvue de fenêtres.

— Parlez-vous de cette affreuse bâtisse de béton ? demanda Evan. Qu'est-ce que c'est ? La station de police de la ville ou quelque chose…

— Ou quelque chose, dit Noël mystérieusement. Sois prudent si tu t'y rends. La plupart des gens ont du mal à quitter cet endroit.

Evan était si excité par la possibilité de trouver quelqu'un qui pourrait lui dire comment rentrer chez lui, qu'il en oublia presque de remercier Noël. Il enjamba le porche.

— Hé, Evan, cria Noël. Attends.

Evan se retourna pendant que Noël descendait les marches. Malgré ses drôles de chaussures, il se déplaçait avec agilité. D'une main, il attrapa le poignet d'Evan et lui remit une feuille de papier pliée.

— Garde-la bien. Si tu as des questions à m'adresser, suis les instructions sur la feuille. Mais ne la montre à personne. Soudain, le visage de Noël changea et sur un ton plus solennel, il ajouta : Et ne dis à personne que tu m'as rencontré.

Evan acquiesça. Il se demandait bien pour quelle raison Noël voulait garder l'anonymat. Il pensa que cela avait quelque chose à voir avec le vol dans le frigo. Mettant le bout de papier dans sa poche, Evan commença à courir dans la rue noire et déserte, en direction de la bâtisse qui, espérait-il, lui fournirait les réponses à ses questions.

Quatre

À GRAND BRUIT de bottes sur les pavés, Evan poursuivit sa course rapide au-delà des maisons vides. Il suivit la ligne sinueuse de la chaussée, où il lui sembla que le chasse-neige venait de passer. Très vite, Noël et le petit village silencieux furent derrière lui.

Approchant de la bâtisse, il ralentit le pas. Tout en reprenant son souffle, il essayait de se calmer un peu. Mais l'immeuble lui inspirait

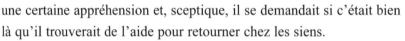

une certaine appréhension et, sceptique, il se demandait si c'était bien là qu'il trouverait de l'aide pour retourner chez les siens.

Il fit lentement le tour de l'immeuble. Il ne s'était pas trompé : il n'y avait pas de fenêtres. Les murs de parpaing étaient non peints et la neige s'était accumulée très haut contre leurs flancs nus.

— Il semble qu'il n'y ait personne ici non plus, marmonna-t-il en faisant le tour du périmètre à la recherche d'une entrée.

Soudain, il perçut un bruit. C'était un bruit faible et sourd, et il tendit l'oreille pour s'en assurer. En tournant le coin, il l'entendit plus clairement. Les notes de « Vive le vent » émanaient des murs de ciment.

Le cœur d'Evan bondit. On était près de Noël ici aussi. Il était certain de trouver quelqu'un qui pourrait l'aider à rentrer chez lui.

S'approchant de la source de la musique, il aperçut les contours flous d'une porte dessinée dans le mur devant lui. Il marcha jusqu'à l'entrée dérobée et leva la main pour frapper.

Mais pendant qu'il faisait ce geste, les rangs de parpaing s'écartèrent tout à coup ; quelqu'un lui agrippa le bras d'une main de fer et l'attira à l'intérieur de la bâtisse.

— Bien, bien, bien. Voyons qui est là ?

Evan était sans voix. L'homme en face de lui était habillé comme un soldat dans Casse-Noisette. Chaque Noël, Kelly tenait un nouveau rôle dans ce ballet, et chaque Noël dont il pouvait se souvenir, sa mère l'avait traîné à sa suite pour qu'il voie ce spectacle. Cette année, Élyse aussi avait dansé.

L'homme tenait Evan à bout de bras et l'étudiait de près. Evan l'examinait aussi. L'homme portait un pantalon blanc à l'intérieur de longues bottes noires ourlées d'un revers rouge, montant presque jusqu'aux genoux. Sa tunique verte était pourvue d'un collet monté, avec de larges épaulettes et des broderies dorées très élaborées. Il portait une longue barbe épaisse et rousse ; sur ses joues étaient peintes des pastilles rouges brillantes. Sur sa tête tenait un grand chapeau vert paré d'or et de plumes au-dessus d'une visière noire luisante.

Officier Dasher, disait l'étiquette attachée sur son cœur.

— On dirait que voici un retardataire, lança l'officier Dasher par-dessus son épaule, tandis que deux autres hommes portant le même uniforme arrivaient en courant.

— Comment t'appelles-tu, garçon ? demanda l'un des soldats, qui portait une barbe blanche et une tunique rouge clair. Sur son étiquette était écrit : *Officier Blitzen*.

— Evan.

Le troisième soldat repoussa de la main une barbe noire indisciplinée et sortit de sa tunique bleue un gros presse-papier. Evan regarda son étiquette : *Sergent Donner*. L'homme descendit son doigt sur une liste dont il tourna plusieurs pages.

— Nom de famille ? demanda-t-il d'un ton bourru.

— Darling, dit Evan.

— Comment t'a-t-il appelé ?

Dasher donna un coup de coude dans les côtes de Donner.

— On dirait que vous vous connaissez déjà tous les deux.

Dasher et Blitzen éclatèrent de rire en voyant Donner rougir au point qu'on ne distinguait plus les pastilles rouges sur ses joues.

— Ne joue pas au plus malin avec moi, dit Donner à Evan en bafouillant, sa barbe s'agitant furieusement pendant qu'il parlait. Donne-moi ton nom de famille, ou tu te retrouveras tout droit devant le juge.

— Qui êtes-vous messieurs ? demanda Evan. Et pourquoi ces costumes et ces noms de rennes ? S'agit-il d'un genre de célébration de Noël ? Suis-je dans les coulisses, ou alors quoi ?

— Oh, un vrai petit malin, hein, railla Donner.

Les trois officiers fixaient Evan. Enfin, celui qui était en vert prit la parole.

— Ce pourrait être un espion.

Les autres acquiescèrent.

— Je crois que nous devrions l'emmener directement devant le juge, dit l'officier en rouge d'un air décidé.

— Hé, qui êtes-vous messieurs ? demanda Evan une autre fois au moment où on le soulevait de terre, deux officiers l'ayant agrippé sous les aisselles.

— Je veux seulement savoir comment rentrer chez moi.

Sans émettre un son, les hommes échangèrent des regards sinistres.

Evan jeta un coup d'œil à l'ouverture dans le mur.

— Peut-être devrais-je simplement aller demander mon chemin quelque part ailleurs.

— N'essaie pas de prétendre que tu ne connais pas le règlement, grogna Dasher en le saisissant par le bras droit.

— Ouais, dit Blitzen, empoignant fermement son bras gauche. Personne ne quitte le Complexe de Noël avant la fin de la période de Douze Jours précédant Noël.

Donner détacha de sa ceinture un petit appareil qui ressemblait beaucoup à une manette servant à ouvrir une porte de garage. Pointant l'objet en direction du mur, il pressa un gros bouton rouge. Pendant qu'Evan regardait, amusé et incrédule, les murs se refermèrent en glissant, les parpaings se verrouillant automatiquement. De l'intérieur, rien n'indiquait qu'il y avait une porte.

Les officiers avançaient rapidement à travers ce qui semblait être un petit tunnel, parlant entre eux sans porter attention à Evan.

— C'est le premier imposteur que nous attrapons cette année, dit Dasher.

— Je croyais que nous nous étions débarrassés de tous ceux qui restaient, renchérit Blitzen. Par contre, je n'en ai jamais vu un aussi jeune.

— C'est déjà le septième jour. D'après toi, comment a-t-il pu rester dehors aussi longtemps ? Crois-tu que Noël, ce fauteur de troubles, l'aurait caché ? demanda Donner.

— Le juge va lui tirer les vers du nez, dit Blitzen confiant. Dans un geste d'impatience, il secoua le bras d'Evan. Emmenons-le au cabinet le plus discrètement possible.

Donner poussa un bouton vert sur le mur au bout du tunnel et deux immenses portes de métal s'ouvrirent lentement. Le quatuor sortit du tunnel et Evan resta bouche bée.

C'était comme s'ils venaient de pénétrer au beau milieu du centre commercial le plus bondé au monde. Puis il réalisa qu'il ne s'agissait pas d'un centre commercial ordinaire. Tout l'édifice était décoré pour Noël, des flocons en papier suspendus à un réseau de tuyaux traversant le plafond très haut, jusqu'à l'agencement de nœuds et de lierre garnissant le tapis sous ses pieds. Des haut-parleurs accrochés aux murs diffusaient les douces mélodies des cantiques de Noël dans les oreilles de la foule animée.

Des gens transportant de pleines brassées de paquets allaient et venaient, se bousculant parfois les uns les autres dans leur précipitation. Les parents s'empressaient de boutique en boutique, tenant par les poignets des enfants aux joues empourprées. L'air était empli de voix répétant « Joyeuses fêtes » et « Joyeux Noël ».

Le regard d'Evan s'attarda sur une rangée de boutiques. À l'extérieur de l'une d'elles, un homme vêtu en bonhomme de neige se tenait sur une caisse, criant dans un porte-voix : « Approchez, approchez, ne soyez pas le seul du voisinage à ne pas posséder sa propre machine à fabriquer de la neige. Je vous le dis, avec ce pratique cristallisateur H_2O high-tech, vous pourrez profiter des plaisirs des sports d'hiver douze mois par année. Nous en vendrons seulement une quantité limitée cette année, alors achetez le vôtre dès maintenant ! »

Les gens qui s'étaient agglomérés autour du bonhomme de neige se mirent à affluer à l'entrée du magasin, brandissant leur carte de crédit au-dessus de leur tête.

— Il faut que je m'en procure un, marmonna Blitzen en suivant le regard d'Evan. Je déteste la chaleur.

À cet instant précis, le tintement des grelots des traîneaux emplit l'air.

— Voyez, on dirait de la neige ! beuglait le porte-voix sur un ton joyeux. Les flocons blancs commencèrent à s'échapper des tuyaux qui pendaient au plafond, pour venir se déposer doucement sur le front d'Evan. Ils étaient froids et blancs. C'était la même sensation que la vraie neige.

— Vous feriez mieux de vous en procurer un pour la saison, avertissait le porte-voix sur un ton jovial. La boutique Bas-de-Noël vous offre un spécial deux pour un que vous ne voudrez certainement pas rater.

— Ne restons pas là, dit Donner, en donnant une petite poussée à Evan.

— De la neige à l'intérieur ? dit Evan impressionné, tandis qu'il observait les gens qui parcouraient les boutiques en tenant leurs paquets au-dessus de leurs têtes pour se protéger. N'est-ce pas un peu salissant ?

— Ne fais pas semblant de n'avoir jamais vu ça. Nous avons ajouté ce gadget hivernal il y a deux ans, dit Donner. D'autant que le Complexe est gardé à une température de dix-huit degrés, pour assurer

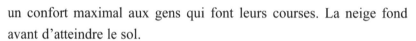

un confort maximal aux gens qui font leurs courses. La neige fond avant d'atteindre le sol.

Evan croisa le regard d'une femme à l'air sympathique assise sur un banc. Elle avait déposé une pile énorme de sacs à provisions à ses pieds, et tenait un parapluie pour se protéger des flocons.

— À l'aide, je vous prie, pouvez-vous m'aider ? Evan se débattit pour échapper aux soldats qui étaient de chaque côté de lui.

La femme regarda le groupe d'un air interrogateur.

— Ne faites pas attention à lui, madame, dit Donner. Un éventuel imposteur. Nous l'emmenons pour interrogatoire.

— Je veux seulement rentrer chez moi, dit Evan d'un ton désespéré.

— Vous voyez ? dit Blitzen, saluant galamment de sa main libre. Joyeuses fêtes, madame.

La femme se releva et approuva du chef. Sans un mot pour Evan, elle referma son parapluie et ramassa ses paquets. Personne d'autre ne s'arrêta pour les regarder alors qu'Evan et son escorte traversaient le Complexe d'un pas rapide.

Après avoir dépassé magasins, restaurants et arcades vidéos – tous affichant des activités et des articles sur le thème de Noël –, les officiers s'arrêtèrent sur le seuil d'une porte énorme peinte en trompe-l'œil, représentant une canne en bonbon rouge et blanche. L'entrée était festonnée de guirlandes argentées et flanquée d'une paire d'énormes ornements de parterre en forme de renne, du genre de ceux qui sont couverts de lumières blanches. Au milieu de la porte, une plaque dorée, polie et très brillante, portait l'inscription : CABINET, PRIVÉ, DÉFENSE D'ENTRER, C'EST-À-DIRE VOUS !

— C'est le temps de parler au patron, dit l'officier Donner à Evan en mettant sa main sur la poignée de la porte.

— Oh, vous voici enfin, dit une voix tonitruante derrière eux. Evan et les officiers sursautèrent et se retournèrent.

Une jeune fille se tenait debout devant eux, avec un large sourire, les mains nonchalamment fourrées dans les poches de son pantalon. Elle avait l'air d'avoir à peu près l'âge d'Evan. Sortant une main de sa poche, elle repoussa de son visage une grosse mèche de cheveux bruns rebelle puis avança vers Evan.

— Je croyais que tu ne nous trouverais jamais.

— Est-ce que je… commença Evan.

Elle souleva un sourcil. *Je t'en supplie*, semblait dire son regard, *joue le jeu avec moi.*

— Je crois que je suis… légèrement en retard, hein ? tenta Evan.

— Tu connais ce garçon ? s'enquit l'officier Donner en s'adressant à la jeune fille.

— Bien sûr que je le connais, officier Donner, dit-elle sans sourciller. C'est « Evan ».

Evan se taisait.

— … mon cousin Evan, termina-t-elle en baissant le ton. Il vient de chez grand-mère afin d'être ici pour les Douze Jours. Y a-t-il eu une tempête ou quelque chose du genre, Evan ?

— Oui, oui, dit Evan reconnaissant. Une terrible tempête. Très difficile de voyager par un temps pareil. Je me demande même comment je suis arrivé ici.

L'officier Blitzen fronçait les sourcils.

— Il nous a donné l'impression d'être un imposteur lorsque nous l'avons trouvé.

— Oh, je suis certaine qu'il blaguait. N'est-ce pas Evan ?

La fille s'était rapprochée et avait saisi la main d'Evan. À présent, elle reculait lentement, emmenant Evan loin des officiers et de la porte d'entrée.

— Papa le réprimande toujours pour ses blagues, n'est-ce pas Evan ?

Evan se contenta de faire oui de la tête. Il n'était pas bien certain de ce qui lui arrivait, mais si cela devait le sauver de l'interrogatoire chez le juge, il était prêt à la suivre.

— Alors d'accord, Merry.

L'officier Donner inclina lentement la tête.

— Nous le laisserons partir avec toi.

Il regarda Evan.

— Mais tu ferais mieux de te tenir. Si nous entendons parler d'un autre incident… Sa voix avait pris un ton menaçant.

— Je vais dire à mon père que vous avez été d'une grande aide en veillant à ce qu'il arrive ici sans encombre, et tout et tout, dit la fille avec un sourire charmeur. Viens Evan, dit-elle en lui tirant le bras comme pour dire qu'il fallait faire vite maintenant. Maman nous attend.

Elle l'emmena rapidement loin des trois hommes, les laissant en plan à la porte du cabinet.

La fille marchait devant lui. Regardant sans cesse par-dessus son épaule, elle changea de direction à plusieurs reprises. Chaque fois qu'Evan s'avisait de lui poser une question, elle mettait son doigt sur ses lèvres pour lui indiquer de se taire. Ils quittèrent enfin la foule des consommateurs et empruntèrent un long corridor, éclairé par des lumières fluorescentes rouges et vertes.

Le corridor se terminait par un atrium ouvert, au centre duquel trônait un énorme sapin de Noël décoré. Evan siffla discrètement. L'arbre mesurait au moins dix mètres de haut. Il se demanda comment on avait fait pour le couper et le traîner jusque-là, avant de réaliser que l'arbre était artificiel. Il s'en approcha pour le humer. Il ne dégageait aucun parfum de sapin frais, et de plus près, il vit que les décorations étaient faites de boules de verre portant les noms des boutiques du Complexe. Les décorations argentées et scintillantes qui pendaient de chacune des branches étaient des milliers de minuscules signes de piastre.

Evan regarda au-delà de l'arbre. Aucune boutique dans cette partie du Complexe ne comptait trois étages. Sur chaque palier s'alignaient des rangées de portes toutes blanches. À l'autre bout, un escalier roulant menait au dernier étage. Un panneau où il était écrit ESCALIER ROULANT pointait sa flèche vers l'arrière de l'escalier.

— Où sommes-nous ? laissa-t-il échapper.

— À la maison, dit Merry simplement. Tout le monde demeure dans les condos de Noël pour la durée des Douze Jours.

Elle sauta sur l'escalier roulant, grimpant deux marches à la fois. Evan la suivit. Au troisième étage, elle fit un bond et se retrouva devant la dernière porte. Les longs couloirs étaient silencieux et déserts.

— Où sont passés tous les gens ? demanda Evan, avec une affreuse impression de déjà vu.

— Partis faire des courses, évidemment. Merry mit sa main dans sa poche et en retira ce qui ressemblait à une carte de crédit, qu'elle passa dans une fente à côté de la porte. La porte s'ouvrit avec un *wouche* et elle entra. Voyant Evan qui hésitait, elle l'attrapa par la main et le tira à l'intérieur.

Evan était étonné de se retrouver aussi soudainement dans une salle de séjour très confortable.

Merry prit place dans un gros sofa recouvert de tissu écossais rouge et vert.

— J'ai un million de questions, dirent-ils en même temps.

— Toi d'abord, dirent-ils en chœur.

— Les invités d'abord, dit Merry, lançant ses espadrilles dans les airs et repliant ses jambes sous elle. Tu poses trois questions, puis j'en pose trois. D'un geste impatient, elle repoussa une mèche de cheveux qui lui tombait dans les yeux et se pencha en avant, les coudes sur les genoux, en fixant Evan avec grand intérêt.

Evan ne pouvait pas s'asseoir. Là, dans le calme d'un séjour qui avait l'air parfaitement normal, l'étrangeté de sa situation le frappa de plein fouet.

— Ok, eh bien, pour commencer, qui *sont* ces hommes, et pourquoi m'as-tu sauvé ?

— On les surnomme la Police Navidad ; ce sont les gardiens de sécurité ici dans le Complexe. Ce sont des crétins, de vraies grosses brutes qui n'ont rien à foutre, dit-elle. Et je t'ai sauvé de leurs griffes parce que je le pouvais. Crois-moi, tu ne veux pas avoir affaire au juge !

— Et pourquoi t'ont-ils écoutée ?

Merry rougit.

— Mon père est leur patron, dit-elle. Le capitaine Kringle.

— Alors il est comme qui dirait le capitaine de la force de l'ordre ?

Evan sentit un vent d'optimisme. Peut-être qu'en fin de compte, il avait trouvé quelqu'un qui pourrait l'aider à rentrer chez lui.

— Ton père est-il un crétin comme les autres gars ?

Au moment où les mots sortaient de sa bouche, Evan réalisa qu'il y avait probablement une meilleure façon de formuler sa question. Mais à sa grande surprise, Merry ne se fâcha pas. Son visage s'imprégna soudain de tristesse.

— Il est fou d'avoir accepté cet emploi, dit-elle. Mais il n'est pas comme les autres. Du moins, il ne l'était pas. Et ça fait quatre questions. Alors c'est mon tour.

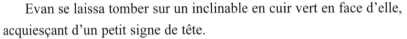

Evan se laissa tomber sur un inclinable en cuir vert en face d'elle, acquiesçant d'un petit signe de tête.

— Pour quelle raison es-tu arrivé au Complexe en retard ? demanda-t-elle.

— Eh bien, je viens pour ainsi dire tout juste d'arriver dans cette ville… dit Evan. C'était son tour de rougir. S'il disait la vérité à cette fille, elle penserait qu'il était le pire des menteurs.

— Tu n'habites pas dans le village. Et ceci est un constat, pas une de mes questions, s'empressa-t-elle de lui faire remarquer.

— Non, je n'habite pas dans ce village, dit Evan. En fait, je cherche à rentrer chez moi.

— Pas étonnant que tu n'aies pas su pour le Complexe, dit-elle gentiment. N'en avez-vous pas un semblable dans ton patelin ? Comment pouvez-vous célébrer la Noël sans un complexe comme celui-ci ?

— On n'en a pas, et on a toutes sortes de traditions, dit Evan. Soudain épuisé, il se mit à bâiller. La nuit avait été longue et étrange. Il avait les paupières lourdes et ses yeux se fermaient malgré lui.

— Tu peux rester ici si tu veux, dit Merry. J'ai des lits superposés. Tu dormiras dans celui du haut.

Elle guida Evan jusqu'au bout d'un petit couloir et dans une petite chambre bordélique. Des rangées de sacs de provisions longeaient tout un mur et des paquets emballés étaient empilés sur le dessus en un joyeux amoncellement.

— Nous pourrons parler plus longuement demain matin, quand les autres seront sortis.

— Les autres ? demanda Evan.

— Ma mère, mon père, et mes sœurs jumelles, Holly et Ivy, expliqua Merry. Puis elle précisa : « Ils seront tous là d'une minute à l'autre. »

Elle semblait réfléchir.

— Ce serait peut-être préférable qu'ils ne sachent pas que tu es ici, surtout mon père.

Elle grimpa dans l'échelle et tassa les boîtes qui se trouvaient sur le lit du haut de manière à former un petit nid au centre. Se tenant d'un côté de l'échelle, elle invita Evan à y grimper. Il se faufila dans l'espace entre les boîtes et, reconnaissant, s'étendit sur le lit. Pendant qu'il remontait une couverture sur ses épaules, il sentit à peine le poids des nombreuses couches de papier d'emballage et de carton que Merry empilait sur lui.

Cinq

« Réveillez-vous acheteurs. Plus que deux jours de magasinage avant Noël. »

Quelque part au-dessus de la tête d'Evan, un haut-parleur hurlait. Il marmonna et tira sa couverture sur ses oreilles. Il venait de faire le rêve le plus étrange…

« IL VOUS RESTE EXACTEMENT QUARANTE-HUIT HEURES POUR FAIRE DE CE NOËL UNE JOURNÉE INOUBLIABLE ! » annonça joyeusement la même voix désincarnée.

Evan se réveilla net, se redressant dans un mouvement si soudain qu'il se frappa la tête contre le plafond bas au-dessus du lit. Des boîtes de cadeaux dégringolèrent en cascade près de lui et allèrent s'écraser sur le plancher. Tandis qu'il essayait de se rappeler où il était, le visage de Merry apparut au bord du lit. Evan eut le cœur gros en réalisant qu'il n'avait pas rêvé.

— Reste tranquille, tout le monde est encore à la maison, dit-elle tout bas.

Elle se retourna en entendant des pas à l'extérieur de sa chambre.

— Merry ?

Une voix de femme l'appelait de l'autre côté de la porte.

Evan se recroquevilla sous les couvertures, essayant de ne faire aucun bruit, tandis que Merry le couvrait de cartons à nouveau.

— Désolée, maman, dit Merry. J'essayais de trouver quelque chose et j'ai accroché ma pile de cadeaux.

La porte de la chambre s'entrebâilla.

— Non, maman ! Non, n'entre pas ! Je ne veux pas ruiner la surprise que je te réserve pour Noël.

Evan retenait sa respiration.

— Oh, comme c'est gentil. D'accord, ma chérie. N'oublie pas que nous nous rencontrons tous à 13 h au studio de photographie, pour le portrait de famille. C'est notre rendez-vous pour la photo annuelle.

Penses-y. Et mets ton chandail au motif d'arbre de Noël. Ton père tient à commémorer la meilleure saison commerciale de tous les temps.

— Ok, maman. Rendez-vous à 13 h. Merry referma la porte et poussa un soupir de soulagement.

— Tu peux sortir maintenant, murmura-t-elle.

— Nous aussi, nous devions porter le même chandail pour la photo de famille, dit Evan avec bienveillance, en descendant de sa couchette. Mais que voulait-elle dire, ta mère, lorsqu'elle a dit que ça rappellerait à ton père la meilleure saison commerciale ?

— Tu ne sais vraiment rien à propos de Noël, n'est-ce pas ? dit Merry d'un air étonné. Les arbres de Noël ont été inventés d'après la forme d'un graphique divisé en quatre parts ascendantes.

Elle prit une feuille de papier et un crayon de couleur verte. En commençant dans le coin gauche, elle se mit à dessiner. Les Douze Jours commencent, et les ventes augmentent, augmentent, augmentent. Jusqu'au jour de Noël. Elle prit un crayon jaune et dessina une grosse étoile au sommet, puis tint la feuille devant elle afin qu'Evan puisse la voir. Il dut admettre que cela ressemblait vraiment à un arbre de Noël.

— Euh, je ne suis pas sûr que les arbres de Noël ont vraiment été inventés comme ça, dit Evan.

— Alors comment ? Merry le regardait d'un air de défi.

— Ils ont été… c'est-à-dire, on les coupe, parce que… euh… Tu sais, j'ai vraiment très faim. Evan ne voulait pas admettre qu'il ignorait tout de l'invention des arbres de Noël.

— On peut aller chercher quelque chose à manger dans le Complexe, dit Merry. Et je t'en dirai davantage sur les traditions de Noël. On en a des tas.

Elle sourit.

— C'est amusant d'avoir quelqu'un de nouveau avec qui partager tout cela. Tu sais, ça peut devenir assez ennuyeux quand ta famille t'oblige à faire les mêmes choses année après année.

EVAN ÉTAIT ASSIS à une table avec Merry, dans le restaurant Festin de Noël, engouffrant son assiette aussi vite qu'il le pouvait. Il avait commandé un club-sandwich avec frites et rondelles d'oignons, et pour dessert, un lait frappé au chocolat. C'était le meilleur petit-déjeuner qu'il ait jamais mangé. Il prit une dernière gorgée de son lait frappé puis s'adossa.

— Alors, demanda-t-il à Merry, dis-moi pour quelle raison chaque chose porte un nom qui fait allusion à Noël dans cet endroit ?

Merry sourit avec indulgence.

— Je vois qu'il faut que je commence par le commencement, dit-elle. Je n'arrive pas à croire que vous ne célébrez pas Noël.

— Bien sûr que nous célébrons Noël, protesta Evan.

— D'accord, disons que vous célébrez, admit Merry. Mais ce n'est pas vraiment traditionnel. Il y a les Douze Jours avant Noël, et le 15 décembre est le premier jour de la fête du magasinage. Nous fermons tous nos maisons dans le village et nous venons ici, dans le Complexe de Noël, où nous faisons toutes nos courses. On assiste à des spectacles de Noël et on participe à des concours, comme un concours de beauté pour élire Miss Noël Blanc. C'est ma sœur qui a gagné l'an dernier. C'était la première fois que quelqu'un de notre famille l'emportait. La fête du magasinage se poursuit jusque tard le soir du vingt-quatre décembre. Ensuite, le vingt-cinq, nous nous levons tôt le matin, et toutes les familles se rassemblent et déballent toutes les étrennes qu'elles ont achetées. Nous faisons un tri entre les choses que nous voulons garder et les choses que nous désirons échanger. Et le douzième jour tombe le 26 décembre. C'est ce jour-là que tout est vraiment vendu à rabais. C'est le jour le plus fou de l'année. À la fin, la Police Navidad ouvre les portes du Complexe et nous retournons tous au village. Jusqu'à la prochaine fois.

— Mais vous ne décorez pas de sapin dans vos maisons ? Vous ne suspendez pas vos bas à la cheminée ? Il n'y a pas de chorale qui se promène le soir pour chanter des cantiques de Noël devant votre porte ? Evan essayait désespérément de trouver des traditions semblables qu'il pourrait partager avec Merry.

La jeune fille le regardait d'un air étrange. « Pourquoi est-ce qu'on apporterait un arbre dans la maison ? s'enquit-elle. Et puis, tout le monde sait que des chaussettes bien chaudes sont le meilleur remède contre le gui. »

En entendant prononcer le mot « gui », Evan fit la grimace. De toutes les traditions communes…

Merry lui expliqua gentiment.

— Je connais ça. Chaque année, mon papa attrape le pire gui-du-pied. Tu comprends, c'est parce qu'il doit patrouiller le Complexe à longueur de journée. Mais nous gardons une paire de chaussettes de laine accrochée à la cheminée, et le soir, lorsqu'il rentre à la maison, il enfile des chaussettes bien chaudes sur ses pieds endoloris. Le lendemain, son gui-du-pied va beaucoup mieux.

— Le gui n'est pas une sorte de pied-d'athlète, dit Evan dans un grand éclat de rire. C'est une plante qu'on rentre à l'intérieur pour que les gens s'embrassent lorsqu'ils passent en dessous.

— Pourquoi feriez-vous ça ? C'était au tour de Merry de rire. Pourquoi les gens auraient-ils une coutume aussi ridicule ?

Evan se gratta la tête. Pourquoi, en effet ?

Comme il ne répondait pas, Merry se leva.

— Tu as des idées bizarres à propos de Noël, dit-elle, en essayant de ne pas éclater de rire. On ferait mieux d'y aller. Il faut que je fasse quelques emplettes avant mon rendez-vous familial. Ils vont se méfier si je n'ai aucun paquet.

Evan la suivit sous l'éclairage des néons du Complexe. Des lumières rouges et vertes clignotaient furieusement le long des poutres du plafond. À l'extérieur des boutiques, des hommes habillés comme des bonimenteurs de carnaval dominaient la foule et essayaient d'attirer les acheteurs à l'intérieur.

— Avancez, avancez. Achetez dès maintenant, ici même, votre coupe-ongles plaqué or. Dernière chance d'acheter le plus récent article de luxe. Plus que 150 en stock. Ne laissez pas passer l'occasion.

Evan regardait à gauche et à droite pour ne rien manquer. Il remarqua plusieurs agents de la Police Navidad qui patrouillaient les lieux en approuvant du chef les consommateurs chargés de paquets.

Dans un magasin où l'on vendait des lits, une bannière disait : SOYEZ BIEN REPOSÉS, JOYEUX INITIÉS.

Un bambin tirait sa mère par le bras et l'attirait devant une animalerie où des chiots roux bien gras s'ébattaient derrière la fenêtre.

— Regarde maman, des petits setters ! J'en veux un, maman, s'il te plaît ?

Evan étudiait les visages dans la foule qui se pressait devant lui. Personne n'avait l'air heureux. En fait, ils avaient tous l'air épuisé. Il frissonna en imaginant douze journées de folle frénésie, à s'affairer aux préparatifs de Noël. Il se rappela combien ses parents étaient fébriles et occupés jusqu'à la veille de Noël, mais ensuite, à la maison, tout devenait calme et magique, tandis que tout le monde attendait la merveilleuse nuit de Noël.

Se sentant soudain désolé pour Merry, Evan lui posa cette question à brûle-pourpoint :

— Merry, aimes-tu vraiment Noël ?

— Qu'est-ce que c'est que cette question bizarre ? dit Merry en arrêtant de marcher pour dévisager Evan.

— Est-ce que tu aimes ça ? insista-t-il.

— Évidemment que j'aime ça, dit-elle. Puis, prenant une expression nostalgique et songeuse, elle dit dans un filet de voix. Seulement, quelquefois, j'aimerais…

Evan se pencha plus près pour entendre.

— Quoi, qu'est-ce que tu aimerais ? Son visage était si près de celui de Merry, qu'il pouvait voir que ses yeux verts étaient teintés de reflets dorés.

— Hé, Merry, c'est ton petit ami ?

Deux adolescentes aux longs cheveux blonds émergèrent de la foule.

Merry s'éloigna d'Evan en rougissant.

— Voici mon *copain*, Evan, dit-elle en insistant sur le mot copain. Evan, voici mes sœurs, Holly et Ivy.

Les deux adolescentes lui sourirent, révélant des dents parfaitement blanches. D'un geste simultané, elles repoussèrent leurs cheveux vers l'arrière, avant de les lisser de la main. Elles rappelaient à Evan sa sœur Kelly.

— Je ne me rappelle pas t'avoir vu aux alentours avant aujourd'hui, dit l'une des jumelles.

Evan les étudia de plus près. Il ne pouvait vraiment pas les différencier l'une de l'autre.

— On peut dire qu'il est nouveau dans le Complexe, dit Merry sur un ton évasif.

— En fait, j'essaie de retourner chez moi à temps pour Noël, expliqua Evan.

Merry lui lança un regard désapprobateur.

— *Man*, on est juste au beau milieu des fêtes, dit Holly – ou était-ce Ivy ?

— D'où je viens, Noël arrive seulement le vingt-cinq, dit Evan. On n'a pas vraiment toute cette extravagance d'avant Noël. En fait, quand même un peu, mais ce n'est pas réellement Noël. C'est seulement une sorte de… temps de préparation.

— Tu parles comme un imposteur, dit l'autre jumelle.

— Ce n'est pas un imposteur, Ivy, dit Merry avec conviction, en s'assurant qu'il n'y avait pas d'oreilles indiscrètes autour d'eux.

— Il en faut un pour en reconnaître un, railla Holly. C'est peut-être pour ça que tu aimes te tenir avec lui.

Evan regarda Merry fixement.

— Eh bien, il se peut que j'aie entendu parler de quelque chose qui ressemble à ce que tu racontes, dit-elle sur la défensive. Et c'est vrai que je trouve l'idée plutôt intéressante…

— Tu ferais mieux de ne pas dire ça devant papa, dit Holly.

— Ouais, reprit Ivy. Tu sais à quel point il est pointilleux sur les traditions. Et parlant de traditions, est-ce que tu vas assister au concours ?

— On est à peu près assurées de gagner le concours Miss Noël Blanc, dit Holly. Attends de voir le numéro qu'on va présenter dans la partie « talents » !

Les jumelles échangèrent un regard et pouffèrent de rire, tout en se lissant les cheveux à nouveau. Il était clair que Merry, Evan, ou toute discussion à propos de Noël ne présentaient plus aucun intérêt pour elles.

— Tu veux aller voir ? demanda Merry à Evan.

— Pourquoi pas, dit-il en haussant les épaules.

EVAN ET MERRY suivirent les jumelles qui se frayaient un chemin à travers le Complexe. Evan voulait demander à Merry comment elle se sentait vraiment à propos de Noël, mais elle poursuivait son bavardage sur les traditions dans le Complexe. Elle montra du doigt le minuscule ring où les membres d'une famille, vêtus de maillots de boxe et de matériel de protection, étaient assis sous une bannière tape-à-l'œil proclamant : Faites vos jeux – 5 $ le round. Elle entraîna Evan dans une parfumerie où elle acheta une Eau Joie de Noël pour sa mère, et dans une boutique de fleurs où elle commanda à la fleuriste une couronne de Franklins. Evan regarda la femme préparer, en un rien de temps, une couronne de billets de cinq dollars savamment pliés. Elle la noua avec une énorme boucle rouge et la tint à bout de bras pour que Merry puisse l'admirer.

— C'est parfait. Papa va l'adorer, dit-elle, en demandant à la femme de mettre ça sur le compte du capitaine Kringle.

— Alors, Merry, commença Evan tandis qu'ils sortaient de la boutique.

— Ah, mon doux seigneur, on va être en retard pour le concours, s'exclama Merry. Et elle se mit à courir dans le Complexe.

— Ok, j'ai compris, dit Evan déjà essoufflé en tentant de la suivre. Tu ne veux pas en parler.

Merry s'arrêta si brusquement qu'Evan faillit lui rentrer dedans. Ils étaient arrivés devant une scène immense, décorée de lumières et de guirlandes brillantes, et qui dominait tout une extrémité du Complexe. Des projecteurs avaient été installés juste en face de l'épais rideau de velours rouge tendu à l'avant de la scène.

Il y avait un attroupement autour de la scène, et Evan et Merry jouèrent des coudes pour atteindre la première rangée. Derrière le rideau, Evan pouvait voir un groupe de musiciens en train de s'accorder.

En courant, Merry avait cessé de parler, et Evan tenta sa chance.

— Pensais-tu ce que tu disais tout à l'heure ? lui chuchota-t-il à l'oreille. À propos de Noël ?

Elle fit oui de la tête en regardant nerveusement autour d'elle.

— On ne peut pas parler de ça ici, mais après le spectacle, j'ai quelque chose à te montrer.

Un maître de cérémonie, les cheveux noirs gominés tirés en arrière et vêtu d'une veste queue-de-pie de velours rouge, surgit de derrière le rideau. La foule applaudit.

— Bienvenue à notre extravagance annuelle de chansons, de danses et de beauté, commença-t-il. Nos finalistes sont les plus jolies jeunes filles du Complexe de Noël. Mais seules les plus talentueuses, les plus convaincantes, les plus pétillantes de la joie de Noël, seront nommées Miss Noël Blanc !

La foule hurla son approbation. Merry roula des yeux.

— Je n'accepterais *jamais*, dit-elle à Evan dans un murmure.

— Sans attendre, je vous présente nos premières candidates.

Et, dans un grand geste théâtral en direction du rideau, le maître de cérémonie annonça : « Holly et Ivy » !

Les rideaux s'écartèrent lentement pour laisser apparaître tout un orchestre installé sur des estrades. Les musiciens portaient des blazers rayés rouge et blanc et des pantalons verts. Ils rappelaient à Evan un spécial télé de Las Vegas, qu'il avait été obligé de regarder avec sa grand-maman la dernière fois qu'elle était venue en visite.

L'orchestre entama un air qu'Evan reconnut immédiatement : *Les anges dans nos campagnes*. La mélodie familière le rassura. Peut-être avait-il enfin trouvé un genre de tradition de Noël à laquelle il pouvait s'identifier.

Il entendit soudain un bruit assourdissant venant des coulisses, et à son grand étonnement, une bande de motocyclistes vêtus de cuir s'avança en pétaradant sur la scène.

— Qu'est-ce que ces motards font là ? dit Evan. Où sont tes sœurs ?

— J'ai bien peur que les motards soient leurs choristes, dit Merry. Ce sont les Harold's Angels. Ils chantent chaque année à Noël.

Il vit soudain Holly et Ivy descendre de deux motos et venir se pavaner à l'avant de la scène centrale. Elles portaient des casquesmicrophones et on aurait dit qu'elles avaient fait une razzia dans la garde-robe de Britney Spears.

— Oh, oh, papa va vouloir les étrangler, marmonna Merry, puis elle eut un sourire malicieux. Ça va être génial !

Prenant des poses comme devant un miroir, Holly et Ivy entamèrent un numéro très enlevé.

Nous roulons en motos peintes en rouge et vert
Nous roulons en motos pour faire vibrer l'hiver

Les motards se joignirent à elles pour le refrain :

Les filles et la bière sont à vous, en plus d'un super tatou
Dépensez, achetez, faut qu'on fasse des bidous
Dépensez, achetez, donnez-nous vos bidous…

Ils finirent de chanter et Holly et Ivy se hissèrent à l'arrière des deux plus gros *choppers* et firent des signes joyeux de la main en quittant la scène dans un vrombissement de moteur. La foule en délire tapait du pied et sifflait à qui mieux mieux.

Evan et Merry se faufilèrent à travers la cohue, s'éclipsant discrètement derrière un homme très grand qui portait un impressionnant uniforme doré et qui fixait la scène de son regard de marbre.

Evan sentit le coude de Merry lui enfoncer les côtes.

— C'est papa, dit-elle dans un souffle. Mais ce n'est sans doute pas le bon moment pour te le présenter.

Ils continuèrent d'avancer et se frayèrent un chemin hors de la foule en zigzaguant.

— Qu'est-ce que tu voulais me montrer ? demanda Evan lorsqu'ils eurent atteint un coin relativement tranquille.

— Tu promets de ne rien dire ? dit Merry.

— Promis.

D'un pas rapide, Merry emprunta un autre corridor. Ils passèrent des rangées et des rangées de boutiques jusqu'à ce qu'ils arrivent devant une échoppe à la devanture assez banale. Une fois à l'intérieur, Evan réalisa que c'était un bureau de poste. Des employés affairés passaient à côté d'eux avec des sacs débordants de lettres. Les postiers allaient et venaient en courant, et remplissaient leurs grandes poches avec des brassées de lettres avant de disparaître.

Ils longèrent d'immenses conteneurs où il était inscrit : « Niveau un, Niveau deux, Niveau trois, et Confisqué ».

— C'est quoi ces lettres confisquées ? demanda Evan.

— Des lettres adressées à des gens à l'extérieur du Complexe, répondit Merry. On est censés envoyer des cartes de Noël uniquement aux familles qui vivent ici-même.

— N'avez-vous pas des parents qui vivent ailleurs… même durant le temps des fêtes ? s'enquit Evan.

— C'est ce que je veux te montrer.

Merry s'arrêta en face d'un babillard au fond du bureau de poste.

— Regarde.

Le regard d'Evan suivit sa main. Il vit une énorme affiche pleine couleur, où était inscrit le mot RECHERCHÉ.

« RECHERCHÉ pour avoir violé l'esprit de Noël, pouvait-il lire. RÉCOMPENSE à celui qui le capturera, mort ou vif. »

— Je ne comprends pas, dit-il.

L'homme sur l'affiche ne ressemblait certes pas à un criminel notoire. Il était assez âgé ; des rides sillonnaient son visage affable. Il portait une grosse barbe blanche et une ancienne cape garnie d'une épaisse fourrure blanche.

— Lis le nom, dit Merry.

— Nicolas Kringle, dit Evan. Pas possible ! Vous voulez arrêter le père Noël ?

— Le père Noël n'existe pas, dit Merry tristement. Personne ne distribue des cadeaux. On doit les acheter soi-même. Cet homme est mon arrière-arrière-grand-père.

— Si ton arrière-arrière-grand-père est le *père Noël*, dit Evan, en insistant exprès sur les mots père Noël, comment se fait-il que ton père fasse partie de la Police Navidad ? Ta famille ne devrait-elle pas avoir l'esprit de Noël ?

— Tu vas nous causer des problèmes, dit Merry, en tentant de le faire taire. Si le juge t'entend et décide que nous sommes des imposteurs, il va nous jeter en-dehors du Complexe ou quelque chose comme ça. De toute façon, mon père est capitaine parce que son père l'était avant lui. Je suppose que le vœu le plus cher de mon grand-papa

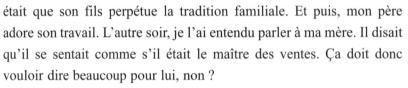

était que son fils perpétue la tradition familiale. Et puis, mon père adore son travail. L'autre soir, je l'ai entendu parler à ma mère. Il disait qu'il se sentait comme s'il était le maître des ventes. Ça doit donc vouloir dire beaucoup pour lui, non ?

— Où est ton arrière-arrière-grand-père maintenant ? demanda Evan.

— Personne ne le sait, dit Merry. Il serait très vieux. Peut-être même qu'il est mort. Personne n'a jamais survécu à un Noël à l'extérieur du Complexe.

Elle était blanche et tremblait de peur, et Evan réalisa ce qu'il lui en avait coûté de partager son secret avec lui. Il réalisa en même temps qu'en fait, il connaissait quelqu'un qui avait survécu à un Noël en-dehors du Complexe.

— Ok, je ne dirai pas un mot là-dessus, lui dit Evan, soulagé de voir ses joues retrouver un peu de leur couleur. Il espérait qu'elle se sente mieux, parce qu'il avait quelque chose à faire. Et il devait le faire seul.

— Hé, ne dois-tu pas aller retrouver tes parents pour la séance de photographie ?

— Oh mon doux seigneur, dit Merry en enroulant une couette de cheveux sur ses doigts. J'avais totalement oublié. Écoute, Evan, je peux te cacher encore si tu veux. Ou si mon père s'est remis de la prestation de mes sœurs, peut-être que je pourrais te le présenter. Ce n'est pas un mauvais gars. Peut-être bien qu'il va t'aider à rentrer chez toi une fois que nous aurons quitté le Complexe.

— Peut-être, répliqua Evan sur un ton évasif, car il tenait déjà entre ses doigts le bout de papier qu'il gardait dans sa poche. Je vais seulement jeter un petit coup d'œil par là. Y a-t-il un endroit où je pourrais te retrouver plus tard ?

— On peut se retrouver sous l'arbre de Noël dans l'atrium, répondit-elle. Si tu te glisses juste en dessous, à travers les branches, tu pourras voir toutes les lumières qui scintillent au sommet. Sa voix était devenue rêveuse. Elles brillent comme des étoiles, tu sais.

— Oui, je sais, répondit doucement Evan.

Saluant sa nouvelle amie de la main, il s'engouffra dans un autre couloir clinquant en prenant l'air le plus naturel qu'il pouvait. Se cachant derrière une arche en forme d'énorme canne en bonbon, il sortit le papier froissé de sa poche et, l'ayant lissé de ses deux mains, il se mit à l'étudier.

Six

SUR LE BOUT de papier était dessiné un plan grossier du Complexe. Evan le retourna dans tous les sens, essayant de s'orienter. Des flèches pointaient dans diverses directions le long des murs extérieurs. À côté de chaque flèche, on pouvait lire ces mots minuscules : conduit d'aération. Il étudia le plan une autre fois. Comment savoir par où accéder à ces conduits d'aération ? En plissant les yeux, il vit apparaître d'autres mots. « Vous êtes ici », disait le plan à côté d'un tout petit point. Il commençait à comprendre le plan du Complexe, quand il réalisa que l'une des flèches se trouvait juste au-dessus de l'espace marqué « scène ».

Il revint sur ses pas jusqu'à l'endroit où lui et Merry avaient vu chanter les jumelles à peine quelques heures auparavant. La scène était sombre et déserte, et il y avait belle lurette que la foule s'était dispersée. D'un bond, Evan sauta sur la scène et se retrouva derrière l'un des énormes rideaux. Au moment où il s'apprêtait à traverser la scène jusqu'aux échafaudages érigés derrière les estrades de l'orchestre, il entendit des voix.

Il se dissimula dans les plis volumineux du rideau de scène.

Plusieurs des membres de l'orchestre venaient de monter sur la scène.

— Je n'arrive pas à croire qu'il faut que nous répétions encore aujourd'hui, marmonna l'un d'eux, en s'assoyant devant une gros clavier. Nous avons été excellents lors du concours.

— Ce n'était pas mon idée, dit un guitariste, en prenant place dans une des chaises pliantes pour accorder son instrument.

— Qui a eu cette idée, alors ? Le bassiste se brancha dans son ampli et commença à se réchauffer.

— D'après toi ? fit le guitariste en haussant les épaules. Le seul gars qui est en retard.

— Il n'y a rien de pire qu'un batteur qui n'a pas le sens du temps, ronchonna le bassiste.

— Quoi ? Est-ce qu'on attend encore que l'enfant au tambour se pointe ?

D'autres gars montèrent sur la scène et prirent leurs places derrière leurs feuilles de musique.

La section des instruments à vent, se dit Evan. Il s'était mis à transpirer. Comment pourrait-il quitter la scène et atteindre les conduits d'aération, avec tous ces gars autour ? Espérant apercevoir quelque chose, n'importe quoi, après quoi il pourrait grimper, il sortit la tête du rideau.

— Allez, on commence !

Un garçon aux cheveux roux traversa la scène en courant et alla s'installer derrière les percussions ; Evan disparut à nouveau dans les plis du rideau.

L'orchestre entama une version épurée de « Noël Blanc », et pendant un moment, Evan se laissa porter par la musique. Délestée des paroles stupides des chansons de Noël qu'il avait entendues toute la journée, cette mélodie familière lui procura un certain réconfort. Tout son corps se détendit, et cette détente lui valut une soudaine inspiration. Il savait comment il allait se hisser jusqu'au-dessus de la scène.

Lorsque l'orchestre entonna « C'est Noël rock », Evan saisit sa chance. Il écarta les rideaux de chaque côté pour faire diversion.

— Solo de batterie, cria-t-il tout en traversant la scène de part en part au vu et au su des musiciens, pour ensuite disparaître dans les coulisses.

— Woohoo, s'écria le batteur réagissant à cet appel, les cheveux et les baguettes en l'air.

Evan s'élança à l'assaut des échafaudages de l'éclairage, le bruit des cymbales masquant le bruit de son ascension.

Du haut de cette structure, Evan pouvait voir un conduit d'aération dans le mur, à quelques centimètres du plafond. Apercevant une corde attachée à un sac de sable, Evan l'attrapa, la fit rouler au-dessus de sa tête comme un lasso, et la lança en direction d'un gros tuyau qui longeait le plafond ; puis il donna une secousse à la corde. Satisfait de sa solidité, il attacha une des extrémités autour de sa taille et se prépara à franchir l'abîme étroit entre l'échafaudage et la grille fixée au mur.

— Une, deux. Il prit une grande respiration et ferma les yeux.

— Trois, dit une voix au-dessus de lui.

Evan sentit des doigts lui saisir la cheville.

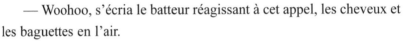

DONNER ET BLITZEN étaient de chaque côté de lui, lui serrant fermement les bras, tandis qu'ils le traînaient jusqu'au bureau du shérif.

Une fois à l'intérieur, Evan fut stupéfait en regardant autour de lui. Deux des quatre murs étaient couverts de larges écrans de télé en couleur, chacun projetant différentes images. Sur le troisième mur, un téléscripteur géant déroulait sans interruption d'énormes lettres de néon vertes : boucles d'oreilles, 59,95 $... foulard de soie, 68 $... vélo de montagne, 250 $... grille-pain, 35,98 $... Boutique Barbie, 14,95 $.

Evan réalisa que c'était la liste de chacun des achats effectués dans le Complexe. Tandis qu'il regardait, l'écran cligna et une inscription apparut en grosses lettres rouges : Ventes totales, 915 678 $.

Un énorme sofa de cuir était aligné sur le quatrième mur. Ses yeux s'habituaient à l'obscurité de la pièce et au scintillement des écrans, mais Evan pouvait difficilement discerner le corps métallique du shérif qui disparaissait presque parmi les coussins. Des bols de pop-corn, des cannes en bonbon à moitié grignotées, une boîte de dragées, et une assiette de bonshommes en pain d'épices encombraient la table basse devant lui.

Le shérif, les yeux rivés sur les écrans de télé, se servait d'une commande à distance géante pour grossir certaines images. Regardant d'un air renfrogné le mur des moniteurs télé, il s'empara d'un walkie-talkie déposé près de lui sur le canapé.

— Hésitation avant achat dans le secteur 14, grommela-t-il.

Evan tourna les yeux vers le mur et vit une femme qui tenait dans sa main une délicate figurine de porcelaine. Il n'en était pas certain, mais on aurait dit une licorne. Elle la retourna pour vérifier le prix, puis, fronçant les sourcils, la replaça sur l'étagère. Evan vit qu'elle avançait à nouveau la main vers la figurine. Toute souriante, une vendeuse s'approcha d'elle, et après une conversation animée, la femme reprit le bibelot et se dirigea vers le comptoir caisse. Il remarqua le sourire complice de la vendeuse qui s'était tournée en direction de la caméra.

— Pourquoi certaines personnes ont encore du mal à se mettre dans l'esprit des fêtes, je ne le comprendrai jamais, grommela le shérif pour lui-même.

Puis il daigna s'intéresser au trio qui se tenait debout devant lui.

— Hé patron, regardez qui nous avons surpris à traîner sur la scène pendant la répétition de l'orchestre, annonça Blitzen.

Evan garda les yeux levés tandis que le shérif le fixait de son œil noir perçant.

— Tu cherches quelque chose de spécial ? demanda le shérif nonchalamment en se levant.

— Euh, je voulais trouver un cadeau pour ma maman. Hum, ouais, une guita… re. Oui, j'avais pensé demander aux gars de l'orchestre où je pourrais en acheter une, parce que je ne me souvenais pas d'avoir vu un magasin de musique…

Evan se libéra de l'emprise de Donner et Blitzen.

— C'est à ce moment-là que ces deux gars m'ont traîné jusqu'ici.

— Tu voulais donc acheter un cadeau pour ta mère, hein ? dit le shérif, d'une voix doucereuse. Quel gentil garçon. Tu es sûr de dire la vérité ? Parce que – il montrait les murs des moniteurs télé – je le saurai si tu mens.

Derrière Evan, Donner et Blitzen entonnèrent une chanson sur l'air de « Père Noël arrive ce soir ».

Fais bien attention, il faut dépenser
Fais sonner les caisses, je vais t'expliquer

Le shérif Grappin te regarde, gamin
Il te voit lorsque tu dors
Il sait quand tu t'éveilles
Il sait si tu as...

— D'accord, d'accord.

Le shérif fit un mouvement de côté.

— Merci à vous, les Backstreet Boys.

Il se tourna vers Evan avec un regard hautain.

— Ils ont raison, tu sais. J'ai gardé un œil sur toi depuis que tu as mis les pieds ici, et je voulais que nous ayons une petite conversation. Il leva le ton. Mais je crois que je devrais plutôt regarder un peu la télé avec toi.

S'emparant de la télécommande, il la pointa en direction d'un des écrans. La scène changea. Evan vit le paysage d'hiver désert à l'extérieur du Complexe. Il pressa un autre bouton et une petite silhouette grimpant péniblement la colline apparut.

Noël ! se dit Evan.

— Quelqu'un que tu connais ? Le shérif se penchait sur lui d'un air menaçant et Evan pouvait sentir son haleine sucrée de canne en bonbon.

— Pardon ? Dehors ? dit Evan innocemment. Comment pourrais-je connaître qui que ce soit de l'extérieur ?

— Oh, tu serais étonné de voir le grand nombre de gens que tu connais sur ces écrans, dit le shérif. Regarde.

Une fois de plus, le shérif pointa la télécommande sur le mur des écrans géants et cliqua. Soudain, tous les écrans devinrent noirs. Le shérif cliqua encore une fois et des images de la famille d'Evan remplirent la pièce.

— Maman, papa ! laissa échapper Evan malgré lui.

Sa mère et son père luttaient contre une tempête de neige terrible. Sa mère remontait le collet de son manteau sur ses oreilles. « Evan » appelait-elle, avec un accent tragique dans la voix. « Evan, mon chéri, où es-tu ? »

Son père, la tête couverte de neige, tenait sa mère par le coude. « Allons nous informer encore une fois dans les boutiques du centre-ville », disait-il. « Je suis convaincu que quelqu'un l'a vu. »

— Je suis là maman, appela Evan, sans faire attention aux hennissements de Donner et Blitzen derrière lui.

Le shérif cliqua une autre fois et fit apparaître les sœurs d'Evan.

Kelly et Élyse étaient assises dans sa chambre, au bord de son lit. Il voyait qu'Élise avait pleuré. « Est-ce qu'Evan va revenir à la maison pour Noël ? demandait-elle, en regardant Kelly.

« Bien sûr qu'il va venir », disait Kelly.

« Pasque ze veux pas fêter Noël s'il n'est pas ici, disait Élyse, en se remettant à renifler. « Si saint Nicolas ramène Evan à la maison pour Noël, il n'a même pas besoin de m'apporter des cadeaux. Mais si on n'est pas tous ensemble, ce ne sera pas Noël. » Et elle éclata en sanglots.

« Maman et papa vont le trouver, dit Kelly, en prenant sa petite sœur dans ses bras pour la consoler. Evan pouvait voir que les yeux de sa grande sœur étaient aussi remplis de larmes.

— Ahhh, ils sont tous tellement tristes que tu sois au loin pour Noël, railla le shérif. N'est-ce pas émouvant ! Je me demande bien pourquoi ils s'ennuient d'un aussi misérable petit morveux ?

Il cliqua une autre fois et Evan vit son propre visage sur l'écran. Il était assis auprès du feu avec Léon, en train de lui dire : « Je déteste Noël. »

Le shérif ricana et pressa le bouton de rembobinage. « Je déteste Noël. Je déteste Noël », répétait l'image d'Evan.

— Ce n'est pas ce que je voulais dire, cria Evan, sans se soucier des larmes qui coulaient le long de ses joues. Ce que je déteste de Noël, c'est exactement le genre de bêtises que vous faites ici ! Il faisait des gestes en direction de la porte où Donner et Blitzen montaient la garde, les bras croisés sur la poitrine.

— Ici ? fit le shérif d'une voix huileuse. Pourquoi, c'est la vraie image de Noël que nous te donnons.

Clic.

Evan vit Merry et sa famille dans le studio de photographie. Les trois filles étaient assises et leurs parents se tenaient debout derrière elles, avec une expression de fierté dans le visage. Toute la famille était vêtue de chandails décorés d'arbres de Noël. Holly et Ivy ricanaient joyeusement, leur ceinturon de Miss Noël Blanc entourant leurs genoux. Au moment où le photographe appuyait sur le bouton de

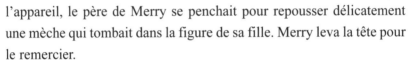

l'appareil, le père de Merry se penchait pour repousser délicatement une mèche qui tombait dans la figure de sa fille. Merry leva la tête pour le remercier.

Le shérif arrêta sur cette image.

— Maintenant, voici une famille heureuse à Noël. Écoute bien mon conseil, mon jeune ami : à partir d'aujourd'hui, tu ferais mieux d'être très prudent quant au genre de rumeurs que tu fais circuler. Ce n'est pas bien de remettre les traditions en question, surtout celles qui nous rapportent beaucoup.

Faisant tourner la télécommande comme un pistolet, il la fit voler dans les airs, la rattrapa, et la fit glisser dans un étui attaché à sa taille. Il souriait en se rapprochant d'Evan qui, bien que tremblant, ne broncha pas.

— Il reste trois jours avant que les consommateurs frénétiques ne retournent chez eux, et je suis à ça – ayant levé la main sous le nez d'Evan, il fit claquer ses doigts ensemble – de vendre plus d'un million de dollars cette saison. Et c'est *ça* qui fait que *je* passe un très joyeux Noël.

Le shérif recula, et dans un mouvement si vif qu'Evan ne le vit pas venir, il sortit la télécommande de son étui, la dirigea vers les écrans, et clic, les images du Complexe réapparurent. Le shérif se rassit sur son canapé, ce qui fit se gonfler les coussins derrière lui. Il étira le bras et prit un bonhomme en pain d'épices sur la table basse.

— Je suis dans l'esprit de Noël, dit-il avec magnanimité, en faisant valser le petit homme en pain d'épices dans les airs. Alors je vais te redonner ta liberté pour cette fois. Mais je te surveillerai chaque minute, et je te conseillerais de ne pas me créer d'ennuis. Tu as vu que tu as déjà ruiné le Noël de ta famille. Tu ne voudrais certainement pas ruiner celui d'autres personnes, n'est-ce pas ?

— Vous pourriez vous débarrasser de moi pour de bon, plaida Evan. Vous savez qui sont mes parents et où je vis. Dites-moi seulement comment rentrer chez moi et je ne vous causerai plus jamais de problème.

— Eh bien, en fait, je ne peux pas faire ça, dit le shérif. Il y a probablement une seule personne qui puisse le faire.

— Dites-moi comment trouver cette personne alors, supplia Evan.

— Je ne crois pas, dit le shérif. Personne ne rentre à la maison avant la grande finale des Douze Jours, la plus grosse journée de soldes de l'année. De plus, une fois qu'on aura vendu le dernier article soldé, qu'on aura tout remballé et qu'on sera prêts à partir, tu ne seras plus un problème pour moi.

Il croqua la tête du bonhomme en pain d'épices et se remit à fixer les écrans.

— Maintenant, dégage.

Donner et Blitzen avancèrent d'un pas et ouvrirent la porte. L'attrapant une fois de plus par les bras, ils le déposèrent de l'autre côté de la jolie porte rayée qu'ils claquèrent ensuite à son nez.

EVAN ÉTAIT planté là, à la porte du bureau du shérif, tremblant de colère. Il y avait donc un moyen de rentrer à la maison ! Le shérif avait dit que quelqu'un connaissait ce secret. Et Evan avait une petite idée quant à l'identité de cette personne. Il se remémora le comportement suspect de Noël lorsqu'ils s'étaient rencontrés ; sa façon de ne pas répondre aux questions ; comment il avait marmonné des mots comme « le bon » et « procéder avec prudence », tout en s'éloignant d'Evan. Maintenant qu'il y repensait, il était à peu près sûr que Noël cachait quelque gros secret.

« Petit homme malicieux, qui m'envoie ici pour que je sois enfermé avec tous les autres, alors qu'il *sait* comment je peux rentrer chez moi. Eh bien, je serai à la maison dans pas grand temps maintenant. Il faut que je sorte d'ici et que je retrouve le petit farceur », pensait Evan.

Serrant et desserrant les poings, il s'efforçait de déambuler lentement dans le Complexe en faisant semblant d'admirer les étalages dans les vitrines. Mais son cerveau était en fusion. Il savait que le shérif était aux aguets, mais s'il trouvait le moyen de retrouver Noël, il sortirait de là pour de bon.

Evan tourna le coin et s'arrêta net. Merry et sa famille marchaient tout droit sur lui. Il s'engouffra dans l'entrée de l'agence de voyage *Loin du nid*, et, du seuil de la porte, jeta un coup d'œil furtif. La mère et les sœurs de Merry avançaient d'un pas résolu, balançant de gros sacs d'emplettes et montrant du doigt différents objets dans les vitrines des magasins. Merry traînait derrière, sans faire attention aux étalages scintillants des boutiques.

Evan eut un serrement de cœur en la regardant déambuler ainsi. Il aurait voulu pouvoir la ramener chez lui afin de lui montrer ce que c'était de rentrer en longeant des rues enneigées, décorées de rangées de lumières de Noël. Il pensait qu'elle aimerait la sensation de pénétrer dans une cuisine où les arômes des pâtisseries de Noël et du vrai sapin vous caressaient les narines. Il aurait voulu qu'elle entende les voix claires des voisins lorsqu'ils s'installaient sur le palier pour chanter « C'est Noël ».

À l'instant où elle passait devant lui, il voulu l'attraper et la tirer par le bras, mais il se ravisa. Il était là, à tenter de rentrer dans sa famille, et en même temps, il songeait à emmener quelqu'un loin de la sienne. Ce n'était pas juste. Mais ce que le shérif avait fait n'était pas juste non plus. Ce Complexe n'était pas un endroit pour le temps des fêtes.

Evan regardait le dos de Merry tandis qu'elle continuait sa marche dans le corridor.

— Bye, fit-il.

Il ferma les yeux et se concentra pour se rappeler le plan du Complexe. S'il pouvait en trouver un autre, les conduits d'aération étaient définitivement le seul moyen de sortir de là. Il se rappela soudain qu'une des flèches pointait vers un coin de l'atrium, tout près des quartiers où vivaient les gens.

S'efforçant de marcher calmement, Evan se rendit près des escaliers roulants. Il s'engouffra derrière les escaliers puis entra dans l'ascenseur.

— Il faut que je fasse vite, se dit-il en lui-même.

Il attendit que les portes de l'ascenseur se referment, puis pressa le bouton « Arrêt ». Se hissant en mettant un pied sur chacune des rampes qui bordaient la cage d'ascenseur, il s'étira jusqu'au panneau installé au plafond. Il le touchait à peine du bout des doigts. Désespéré, il se lança dans les airs, brandissant son poing dans son envol. Le panneau glissa sur le côté.

Evan redescendit et pressa rapidement le bouton express pour se rendre au dernier étage. Tandis que l'ascenseur commençait à monter, une voix désincarnée sortit du haut-parleur placé près du tableau de bord.

— Est-ce que ça va ? Qu'est-ce qui se passe là-dedans ?

Evan déglutit et ne répondit pas.

Pendant que l'ascenseur continuait lentement sa course vers le haut, il grimpa sur les rampes et sauta une autre fois en direction du plafond. Attrapant les bords de l'ouverture, il se hissa jusqu'en haut et se tortilla pour y pénétrer. Aussi silencieusement que possible, il remit le panneau en place.

Il se traîna ensuite sur le dessus de l'ascenseur et espéra se rappeler tous les détails du plan. Jetant un coup d'œil au-dessus de lui tandis que l'ascenseur montait, il crut apercevoir un petit carré gris flou au-dessus de sa tête. L'ascenseur ralentit en arrivant au dernier étage et il aperçut une grosse grille dans le mur, presque parallèle à l'endroit où il s'était tapi.

L'ascenseur s'arrêta. Au moment où les portes s'ouvraient, Evan entendit quelqu'un crier : « Attrapez-le ! »

Son cœur se mit à battre furieusement. La Police Navidad !

— Il n'est pas là-dedans, dit une autre voix.

— Alors trouvez-le, espèce d'idiots. Evan entendait la voix du shérif juste en dessous de lui.

Il n'y avait pas un instant à perdre. Priant pour que ce soit son billet de sortie, il arracha la grille de la fenêtre, qui alla s'écraser sur le dessus de l'ascenseur dans un grand fracas de métal.

— Il est sur le dessus !

— Déplacez le panneau !

Rassemblant ses forces, Evan poussa la grille métallique sur le panneau du plafond, qui commençait tout juste à se soulever. Il savait que c'était une question de secondes. Il se hissa dans l'ouverture du mur, et tout en entendant bouger la grille que l'on repoussait de côté, il s'engouffra à l'intérieur.

Sept

COMME IL SORTAIT du conduit d'aération et allait s'écraser dans un grand boum sur un des gigantesques bancs de neige qui jonchaient le Complexe, l'air glacial du dehors frappa Evan en plein visage. Dans son empressement à fuir, il s'était donné un élan qui l'avait propulsé. Transformé en luge humaine, les bras rivés à ses flancs, la neige s'immisçait sous son chandail à hauteur du nombril. Quand il s'arrêta enfin, il resta étendu sur le dos, cherchant à reprendre son souffle.

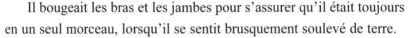

Il bougeait les bras et les jambes pour s'assurer qu'il était toujours en un seul morceau, lorsqu'il se sentit brusquement soulevé de terre.

— Partons ! Il faut que nous sortions d'ici, et vite.

C'était Noël, emmailloté dans des couches d'oripeaux aux couleurs plus vives encore que la première fois qu'Evan l'avait vu.

Trop étonné pour protester, Evan laissa Noël lui montrer le chemin jusqu'au village. Il sentait qu'il y avait de l'action derrière eux pendant qu'ils couraient, mais Noël ne lui permit pas de ralentir le pas pour regarder par-dessus son épaule.

— Par là, vite, pressait-il Evan, en le poussant derrière une haie de conifères devant une des maisons. Il s'y engouffra en tirant le garçon par le bras. Evan s'accroupit près de lui.

— Vous savez comment… commença Evan, avant que Noël ne lui mette sa main sur la bouche pour le faire taire.

— Silence, murmura-t-il.

Evan resta figé en voyant une rangée de pantalons rouges et verts parés de bottes noires rutilantes, avançant dans leur direction. Ils pouvaient entendre l'écho des pas sur le trottoir au moment où ces hommes longeaient la haie derrière laquelle ils s'étaient tapis. Quand le bruit des pas se fut estompé, Noël enleva sa main de sur la bouche d'Evan.

— La Police Navidad, dit-il. Ils doivent penser que tu es en route vers le château.

— Pourquoi est-ce que je monterais au château ? Evan voulait savoir, sa curiosité surpassant son envie de jeter Noël au sol jusqu'à ce que celui-ci lui révèle les secrets qui lui permettraient de s'échapper du globe de neige.

— Pourquoi as-tu quitté le Complexe ?

Evan grinça des dents. L'habitude qu'avait Noël de répondre à une question par une autre question l'exaspérait.

— Pourquoi est-ce que je ne voudrais pas quitter cet endroit ?

Evan se prépara à l'inévitable question en réponse à la sienne.

— C'est assez horrible, dit Noël d'un air triste.

— Eh bien, j'en suis sorti maintenant, dit Evan. C'est ce qui compte. Alors si vous pouviez seulement me dire comment rentrer chez moi, j'oublierai que c'est vous qui m'avez envoyé dans cet endroit.

— Je ne peux pas te faire rentrer à la maison, dit Noël.

— Que voulez-vous dire, vous ne pouvez pas ? cria Evan, incrédule. Le shérif a dit qu'il y avait une personne qui pouvait m'aider. Cette personne, c'est vous.

— Il y a quelqu'un qui pourrait le faire, dit Noël, mais ce n'est pas moi, et… c'est une longue histoire. Allons nous réchauffer et je te raconterai ce que je sais.

Evan s'aperçut qu'il frissonnait. Il s'était enfui sans manteau, et la neige qui était entrée sous son chandail lui coulait maintenant dans le dos et le frigorifiait. Il suivit Noël de bon coeur dans une des petites maisons et se glissa avec bonheur sous une pile de couvertures.

Noël s'agenouilla devant l'âtre et poussa un bouton ; sur-le-champ, un feu douillet et rougeoyant s'alluma dans la cheminée.

— Je n'avais jamais pensé que je pourrais un jour apprécier un feu de foyer au gaz, dit-il, en se frottant les mains de bien-être. Mais la dernière chose dont nous avons besoin est que la Police voie de la fumée.

Laissant Evan s'approcher aussi près du feu qu'il le pouvait, Noël quitta la pièce, pour revenir presque aussitôt avec d'énormes tasses pleines d'un liquide fumant.

Tenant sa tasse à deux mains, Evan huma la vapeur qui montait dans ses narines. Cela sentait les épices – cannelle et muscade – et les pommes. C'était une odeur délicieuse. Il prit une petite gorgée et sentit la chaleur se répandre de sa bouche jusque dans tout son corps.

— C'est bon, dit-il. Qu'est-ce que c'est ?

— On ne t'a jamais parlé de la guignolée ? On offre cette liqueur aux gens qui vont chanter dans les maisons, dit Noël.

— Alors, c'est ça la guignolée, dit Evan pensif. J'ai toujours cru qu'il s'agissait d'un genre de sport d'hiver.

Noël éclata de rire.

— Il ne faudrait pas que le shérif entende ça, pouffa-t-il en faisant un geste en direction du Complexe. Il serait capable d'inventer un genre de « tournoi de la guignolée » auquel tout le monde serait tenu de participer.

Evan rit aussi.

— En fait, la guignolée remonte à très loin, du temps où les gens faisaient du cidre de pommes auquel ils ajoutaient des épices, pour se souhaiter bonne santé et longue vie. Le mot guignolée vient du vieux français « *aguilaneuf »,* pour dire « au gui l'an neuf ». On a gardé la tradition d'offrir cette liqueur épicée pour réchauffer et réconforter les gens qui vont chanter de maison en maison au beau milieu de l'hiver.

— Vous voulez dire que le gui et les chants de Noël ont été inventés pour que les gens puissent se souhaiter la bonne année en s'embrassant ?

— Pas exactement, dit Noël. La coutume a évolué, comme c'est le propre des coutumes, et très vite, les gens ont voulu profiter de ce temps d'allégresse et de partage pour venir en aide aux plus démunis. C'est ainsi qu'ils ont commencé à aller de maison en maison, en chantant et en faisant sonner leurs clochettes, pour amasser des vêtements et de la nourriture qu'ils pourraient redistribuer aux familles pauvres.

— Alors cette liqueur a une vraie histoire, dit Evan songeur.

Noël fit signe que oui et ils restèrent assis en silence pendant quelques minutes, savourant leur boisson chaude à petites gorgées.

— Noël, demanda soudain Evan, pourquoi le laissent-ils faire ?

— Qui ? Faire quoi ? demanda Noël.

— Le shérif. Pourquoi est-ce que toutes ces personnes le laissent ruiner leur Noël ?

Noël prit un air dubitatif.

— Je ne suis pas sûr qu'ils savent qu'on ruine leur temps des fêtes. Il y a tant d'années qu'ils passent Noël dans ce Complexe, que j'ai l'impression que tout le monde s'imagine qu'il s'agit d'une vraie tradition.

— Alors ils ont toujours passé Noël là-bas ? demanda Evan.

— Pas toujours, dit Noël. Ce village avait l'habitude de s'animer dans le temps des fêtes. On organisait une célébration traditionnelle dans le château, avec un festin de Noël, et tout et tout.

Il prit un air rêveur.

— Les murs étaient décorés de houx et de lierre. On allait dans la forêt au clair de lune pour couper le parfait sapin et le rapporter dans les maisons pour le décorer de lumières et de boules magnifiques. Il y avait des jeux, de la danse et de la belle musique. Les enfants allaient se coucher le soir et rêvaient des friandises qu'ils trouveraient dans leurs bas de Noël le lendemain matin. Même durant les hivers les plus froids et les plus sombres, le château brillait de tous ses feux et le temps des fêtes était une période d'espérance.

— Alors, qu'est-ce qui est arrivé ? demanda Evan. Pour quelle raison les gens ont-ils laissé tomber ça pour le genre de Noël qu'on leur offre au Complexe ?

Noël soupira.

— Eh bien, je suppose que les gens étaient de plus en plus occupés, et graduellement, ils ont perdu le vrai sens des fêtes. Les générations se sont succédé, chacune oubliant un peu plus les vieilles traditions. Une fois ce processus enclenché, il a été facile, pour quelqu'un comme le shérif, de s'imposer et de fabriquer le genre de traditions qui lui étaient profitables. Les gens ne veulent pas de célébrations qui ne veulent rien dire, et le shérif savait cela. Il a beau être méchant, il est futé. Il s'est arrangé pour leur faire croire qu'il y avait une raison à ses traditions. Et peu à peu, les gens se sont mis à croire que les choses avaient toujours été ainsi.

— Je comprends que les gens soient plus enclins à s'accrocher à une façon de faire les choses s'ils pensent qu'il y a une raison, dit Evan lentement, se rappelant qu'il avait toujours accueilli les traditions de sa famille comme des « tâches » dont il fallait s'acquitter. Alors, pour quelle raison faisiez-vous toutes ces choses dans le château ? Vous savez, l'arbre, les chansons, les étrennes ? Et comment se fait-il que vous vous en souveniez encore ?

— J'étais ménestrel à la cour du château, dit Noël. Je chantais des chansons qui gardaient bien vivantes les légendes de Noël. Et la musique est dans ton cœur autant que dans ta tête, alors tu ne l'oublies jamais.

Evan comprenait parfaitement.

— Parlez-moi de quelques-unes de vos traditions, dit-il. Tout ce que je sais, c'est que la première fête de Noël était l'anniversaire de naissance du petit Jésus.

— Ah, mais il existait de nombreuses traditions de Noël bien avant ce jour-là.

Noël avança une chaise et s'assit près d'Evan.

— Dans le bon vieux temps, les gens des pays nordiques savaient que l'hiver était une dure saison. Les récoltes dont dépendait leur survie étaient terminées, et la terre était gelée sous un tapis blanc. Il aurait été facile de sombrer dans le désespoir et de croire que le printemps ne reviendrait jamais.

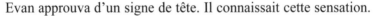

Evan approuva d'un signe de tête. Il connaissait cette sensation.

— Mais, poursuivit Noël, ils s'aperçurent que certaines plantes résistantes – comme le houx, le lierre, l'if et le pin – gardaient leurs couleurs vives dans le paysage aride. Ils croyaient que ces plantes possédaient certains pouvoirs, comme de chasser le mauvais sort et de protéger leurs demeures des démons. Ils apportèrent ces plantes à feuillage persistant dans leurs maisons pour se protéger durant les hivers de froidure, et pour se rappeler que le printemps reviendrait et que la terre donnerait à nouveau ses fruits.

— Et c'est pour ça que nous avons des arbres de Noël ? dit Evan.

— Pas tout à fait, reprit Noël. Par une belle soirée d'hiver, un pasteur allemand du nom de Martin Luther se promenait à la belle étoile, méditant et admirant la beauté du paysage. Il fut si ébloui devant le spectacle des sapins sous la neige, des étoiles dans le ciel pur réfléchissant leur scintillement sur les branches déployées, qu'il voulut recréer le même effet enchanteur pour sa famille. Il ramena un petit sapin dans la maison et mit des chandelles au bout de chaque branche.

— C'était pas dangereux ? demanda Evan.

— Euh, oui en effet, admit Noël. En 1882, Edward Johnson, qui était un associé de Thomas Edison…

— Le gars qui a inventé l'ampoule ?

— Ce gars-là, oui, dit Noël. Enfin, monsieur Johnson attacha des petites ampoules ensemble et les installa autour d'un arbre de Noël. Personne ne fit vraiment attention, jusqu'à ce que, trois ans plus tard, le président Grover Cleveland commande, pour sa fête de Noël à la

Maison Blanche, un sapin décoré avec les ampoules de M. Edison. Même si cela était beaucoup plus sécuritaire que les bougies, les lumières électriques ne se sont pas imposées avant 1917, lorsqu'un jeune garçon du nom de Albert Sadacca convainquit sa famille de fabriquer des guirlandes de lumières électriques pour les arbres de Noël. La première année, on vendit seulement une centaine de jeux de lumières. Puis Albert eut l'idée de les peindre avec des couleurs vives. Et c'est ainsi que l'idée d'un arbre décoré de lumières scintillantes fit son chemin.

Evan était impressionné que quelqu'un qui n'était pas beaucoup plus vieux que lui soit à la source d'une tradition qui existait encore.

— Et le gui, d'où est-ce que ça vient ? Evan avait du mal à croire qu'il y ait une bonne raison pour s'embrasser sous le gui.

— Le gui, hein ?

Noël ricanait.

— Voici une tradition qui a vraiment traversé les siècles. Des centaines d'années avant la naissance du Christ, les druides se servaient du gui pour célébrer l'arrivée de l'hiver. Ils croyaient que cette plante possédait des pouvoirs de guérison particuliers et ils s'en servaient pour décorer leurs maisons. Les Scandinaves pensaient eux aussi que le gui était une plante pour la paix et l'harmonie. Ils l'associaient à leur déesse de l'amour, Frigga.

— La déesse de l'amour ? s'enquit Evan.

— D'où la tradition de s'embrasser, dit Noël, qui riait tandis qu'Evan faisait une grimace de dégoût.

Noël continua à expliquer la provenance de plusieurs autres légendes de Noël. Il raconta que l'étoile au sommet de l'arbre de Noël représentait l'étoile qui brillait au-dessus de l'étable où Jésus dormait dans ses langes. L'étoile avait servi de phare aux Rois Mages qui voulaient honorer l'enfant en lui offrant des présents.

Il raconta aussi l'histoire de saint Nicolas, un homme bon et généreux, représenté aujourd'hui par le personnage qu'Evan nommait père Noël, être bienfaisant et charitable, que les enfants du monde entier connaissent sous différents noms.

Il expliqua qu'anciennement, les chants de Noël étaient des cantiques et des hymnes, et que beaucoup de gens très humbles utilisaient ces cantiques pour commémorer le sens de Noël ; ces chants ont été transmis d'une époque à une autre pour devenir certaines des chansons de Noël que nous entonnons aujourd'hui.

Par la fenêtre, Noël regardait les rues sombres de la ville.

— On avait l'habitude de chanter dans ces rues, comme les veilleurs de nuit.

— Les veilleurs de nuit ? dit Evan, qui n'était pas sûr d'avoir bien entendu. Est-ce que la nuit était malade ?

— Les veilleurs de nuit patrouillaient les rues des cités forteresses à la nuit tombée, montant la garde et chantant les heures de la nuit. La légende dit que durant la période des fêtes, ils entonnaient aussi des cantiques de Noël pour les habitants de la cité, tout en faisant leur ronde nocturne. Aujourd'hui, quand les gens vont déambuler dans les rues en chantant, ils font revivre la tradition.

Pendant que Noël parlait, Evan commençait à comprendre de quelle façon les manières de célébrer Noël reliaient les temps anciens et les temps modernes. Il réalisait que les traditions de sa famille, comme l'insistance de son père pour aller couper l'arbre dans la forêt, ou celle de sa mère pour mettre des guirlandes de houx et de lierre, dataient de plusieurs siècles. Ces « tâches de Noël » qui lui déplaisaient tant prenaient soudainement toute leur importance par rapport au temps des fêtes.

— Je comprends parfaitement, dit Evan, lorsque Noël se tut. Pendant des siècles, les familles se sont réunies pour apporter de l'espoir, de l'amour et de la joie en cette période sombre de l'année. Et toutes ces choses que nous faisons ne sont que des symboles pour nous aider à nous souvenir de ce qu'est vraiment Noël ; une célébration d'espérance et de foi. C'est l'expression de notre croyance qu'il y a du bon en ce monde, et que l'amour peut nous aider à traverser les jours les plus sombres de l'hiver jusqu'à ce que le printemps nous apporte la renaissance.

Noël hocha la tête de bas en haut.

— Les traditions de Noël, et toutes les traditions, sont le mortier qui fait tenir ensemble tout le genre humain. C'est une question d'âme – ce qui différencie l'humain de toute autre espèce vivante. Le respect des traditions participe à la transformation d'une coquille vide en un être vivant pourvu de sentiments.

— Je peux le ressentir, approuva Evan. Maintenant que vous m'avez raconté ces histoires, je peux vraiment comprendre ce que Noël signifie.

— Nous sommes tous liés, dit Noël. Les traditions et le fait de raconter des histoires nous rattachent à notre passé, tout comme cela nous projette dans notre avenir.

— Alors vous pouvez comprendre pourquoi je dois rentrer chez moi, dans ma famille, à temps pour Noël, dit Evan, la voix brisée. Vous voyez pourquoi je ne peux pas rester ici.

— Je t'aiderais si je le pouvais, dit Noël, dont le visage avait pris une expression de profonde tristesse. Mais j'ai bien peur que ce ne soit pas le seul endroit où l'on ratera Noël cette année. Il secoua la tête, l'air très malheureux. Je crois qu'il n'y aura de Noël *nulle part* cette année.

EVAN SE REDRESSA, étonné. Pas de Noël ? Impossible. Quand il s'était perdu dans la tempête, on était à peine deux jours avant Noël ; tout le monde s'y préparait. Bien sûr qu'il y aurait un Noël.

— Pourquoi dites-vous ça ? demanda-t-il. Qu'est-ce que vous voulez dire ?

Noël se prit la tête à deux mains. Les épaules affaissées, il avait l'air si minuscule et fatigué qu'Evan mit la main sur son épaule pour le réconforter.

Noël leva les yeux et essaya de sourire, mais Evan pouvait voir qu'il avait les yeux remplis de larmes. Prenant une profonde respiration, Noël se ressaisit.

— Pendant bien plus longtemps que tu ne pourrais l'imaginer, l'esprit de Noël a été gardé bien vivant dans ce château sur la colline. Le maître du château commençait joyeusement les célébrations, ici, dans le village, puis, la veille de Noël, il sortait et allait répandre l'esprit de Noël partout sur le territoire.

Evan ouvrit grands les yeux. Est-ce que Noël était vraiment en train de raconter ce qu'il croyait entendre ?

— Mais plus le shérif resserrait son emprise sur les esprits des habitants du village, plus le maître du château perdait courage. Au début, tout le monde quittant le village pour le Complexe, il continuait à décorer les couloirs du château et à préparer le festin de Noël. Chaque année, pendant plus d'années que je ne sais compter, il recommençait en disant : « Si une seule personne vient au château, si une seule personne écoute son cœur et sa foi, alors Noël continuera à vivre dans ce pays. » Mais personne ne vint. Il cessa peu à peu de préparer Noël, et le château tomba en ruine.

Noël secouait tristement la tête.

— Oh, il continuait de sortir la veille de Noël pour répandre la joie des fêtes dans d'autres pays, mais chaque fois qu'il revenait à la maison, il était de plus en plus démoralisé. Il disait que c'était une bataille perdue d'avance. Il voyait les mêmes changements qui s'étaient produits ici, se produire dans d'autres villes et d'autres

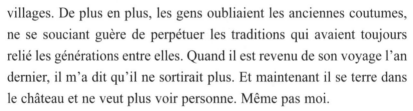

villages. De plus en plus, les gens oubliaient les anciennes coutumes, ne se souciant guère de perpétuer les traditions qui avaient toujours relié les générations entre elles. Quand il est revenu de son voyage l'an dernier, il m'a dit qu'il ne sortirait plus. Et maintenant il se terre dans le château et ne veut plus voir personne. Même pas moi.

Noël essuya les larmes qui lui coulaient sur les joues.

— C'est le seul qui aurait pu t'aider à rentrer chez toi, mais tu ne pourras jamais le convaincre de te parler.

— Et le maître du château…

Evan osait à peine poser la question.

— Quel est son nom ?

— Nicolas, dit Noël, en reniflant.

— *Comment* avez-vous dit ?

— Kringle, S. Nicolas Kringle, dit Noël en regardant Evan droit dans les yeux.

Le cœur d'Evan déborda soudain d'espoir.

— Je peux le convaincre de me recevoir, s'exclama-t-il. Je sais que j'y arriverai. Et peut-être, seulement peut-être, que je pourrais vous faire retrouver votre Noël. Mais je dois me hâter.

Il se leva d'un bond et jeta la couverture sur ses épaules.

— Où vas-tu ? demanda Noël. Je t'ai dit que ça ne donnerait rien de monter jusqu'au château.

— Je vous crois, dit Evan. Mais je ne vais pas tout de suite au château. Il faut d'abord que je retourne au Complexe. Il y a quelqu'un là-bas qui peut nous aider.

Huit

LE SOUFFLE D'EVAN se changeait en cristaux de givre tandis qu'il contournait le Complexe. Et s'il se faisait prendre ? Ou pire, s'il n'arrivait même plus à y entrer ? La nuit était glaciale, et même si Noël lui avait donné un de ses paletots en loques, Evan frissonnait sans arrêt.

Au début, Noël avait refusé qu'Evan y retourne. C'était trop dangereux : il n'osait même pas penser à ce que le shérif pourrait lui faire s'il se faisait prendre. Mais quand Evan lui expliqua la raison

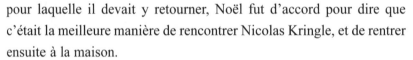

pour laquelle il devait y retourner, Noël fut d'accord pour dire que c'était la meilleure manière de rencontrer Nicolas Kringle, et de rentrer ensuite à la maison.

En plus de prêter quelques vêtements à Evan, Noël lui avait enfoncé son étrange couvre-chef sur les oreilles.

— S'ils croient que c'est moi qui rôde là-bas, ils seront moins tentés de sortir pour voir, expliqua-t-il. Ils croient que je suis fou mais sans malice. Le pire qui pourrait t'arriver serait qu'ils pointent leurs canons à neige sur toi pour te faire fuir.

Evan ne voulait même pas savoir ce qu'étaient ces canons à neige ; il ne pouvait pas se permettre de perdre son sang-froid.

Noël l'avait raccompagné dehors.

— Sois prudent, mon ami. Il cassa une minuscule branche du petit sapin planté près du porche. Prends ça, pour la chance.

Evan mit la branche dans sa poche, puis, saluant de la main et arborant un sourire qu'il voulait courageux, il partit à toutes jambes vers le Complexe.

C'est ainsi qu'aux environs de minuit, sous un ciel sans lune, il entreprit, plein d'appréhension, de longer les murs de béton du Complexe, à la recherche d'une entrée possible. Il n'était pas question de remonter par le conduit d'aération, et s'il essayait une autre fois d'entrer par la porte d'en avant, il se ferait sûrement prendre.

— Courage, se murmura-t-il à lui-même, en soufflant dans ses mains pour les réchauffer. Il doit y avoir une autre façon de pénétrer dans cet endroit.

Il tourna un autre coin et faillit se cogner le nez sur un long conteneur qui ressemblait vaguement à un wagon de train. Il entreprit de l'explorer. À une extrémité du conteneur, il y avait une étiquette géante : INVENTAIRE POUR LE SOLDE GÉANT. NE PAS OUVRIR AVANT LE 24 DÉCEMBRE.

Au même moment, il entendit le bruit sourd d'une porte que l'on ouvre. Pas le temps de réfléchir. Apercevant un bouton à côté de l'étiquette, il le saisit et le tourna fermement. À son grand soulagement, le conteneur s'entrouvrit.

Evan s'y engouffra, s'accroupit derrière une pile de caisses, et tendit une oreille attentive.

— Bon, rentrons la marchandise, dit une voix grave.

— Il faut tout placer sur les rayons ce soir, les gars.

Evan cessa presque de respirer en entendant la voix tonitruante du shérif.

Il entendit un raclement et un claquement de métal, puis il sentit que le conteneur se mettait à bouger.

— Facile à dire, grogna quelqu'un. Il va probablement retourner se prélasser et rêver d'un Noël vert dollar.

Evan réalisa qu'ils étaient en train de traîner le conteneur jusque dans le Complexe. Il se débarrassa des vêtements que Noël lui avait prêtés et se mit à fouiller dans quelques-unes des caisses, dans l'espoir de trouver un déguisement. Ce n'était pas facile dans le noir, mais il toucha quelque chose qui avait la texture d'un chandail, ce qui lui sembla être un casque surmonté d'antennes. Il ouvrit une autre caisse et s'aperçut qu'elle était remplie d'animaux en peluche.

— Ok, ouvrons celle-ci et mettons-nous au travail, dit une voix haut perchée et fluette.

Evan plongea parmi les peluches, enfonça le casque sur sa tête, et se croisa les doigts.

Il entendait le bruit de caisses qu'on vide. Puis il entendit des pas et se sentit soulevé de terre.

— Bon sang, qu'est-ce qu'il y a là-dedans ? Je vais me faire un tour de reins. La voix fluette était juste au-dessus de la tête d'Evan.

Il sentit qu'on reposait la caisse sur le plancher. N'osant plus respirer, il se coucha parmi les créatures de fourrure. Il entendit s'ouvrir les rabats, puis la même voix qui disait :

— Est-il possible que des animaux de peluche pèsent si lourd ?

— Hé, Ed, il faut qu'on y aille ; cesse de t'amuser avec les jouets. La voix plus grave l'appelait à l'autre bout de la pièce.

— D'accord, Dave, d'accord. Laisse-moi juste le temps de refermer cette caisse. Je vais la laisser ici ; je reviendrai tout à l'heure avec l'élévateur à fourche. Je te jure, je n'aurais jamais cru que des animaux rembourrés puissent peser aussi lourd.

Evan sentit une main qui poussait sur le dessus de son crâne, et il se fit encore plus petit jusqu'à ce que son casque de renne soit au même niveau que le reste de ses compagnons moelleux. Il reprit sa respiration tandis qu'on refermait le carton. Puis il entendit les pas s'éloigner. Il avait hâte de sortir de là et de pénétrer dans le Complexe, mais il savait qu'il devait faire preuve de prudence.

Il y eut d'autres bruits de soulèvement et de déballage tandis qu'on déplaçait le reste des caisses, et Evan eut enfin sa chance.

— Ok, je prends une pause, annonça Ed.

— Le shérif va être furieux si on n'apporte pas toute cette marchandise dans les boutiques, dit Dave.

— Le syndicat va être en colère si on s'aperçoit que je n'ai pas eu droit à ma pause, fit remarquer Ed. Allons faire un tour dans le petit café ouvert toute la nuit pour prendre une bonne tasse de chocolat.

— Oui, allons-y, dit Dave. Mais il faut que nous finissions le déchargement ce soir. Le shérif veut voir un inventaire d'articles frais sur les rayons.

Evan s'assura de ne plus entendre le bruit de leurs pas. Puis il attendit encore quelques minutes.

— Eh bien, c'est maintenant ou jamais, dit-il, s'adressant aux oursons en peluche avec qui il s'était retrouvé nez à nez dès le moment où il avait plongé tête première dans la caisse.

Evan se hissa à l'extérieur en emportant le chandail rouge clair qu'il avait trouvé et qui était décoré avec des dessins de rennes s'envolant dans le ciel. Plutôt fier de lui, pour avoir réussi, dans l'obscurité totale, à prendre des articles coordonnés pour s'habiller, il décida de garder le casque, malgré ses antennes farfelues. Ils le rechercheraient de toute façon ; il serait sans doute préférable de rester plus discret.

Les couloirs du Complexe, qui d'habitude avaient des allures de carnaval, étaient étrangement calmes. Aucun acheteur n'allait de boutique en boutique, même si tous les magasins brillaient de toutes leurs lumières et qu'Evan pouvait voir les employés frénétiques en train de regarnir les rayons. Repoussant son casque de renne vers l'arrière de sa tête et prenant dans chaque main un sac de magasinage, il espérait avoir l'air d'un acheteur retardataire retournant vers ses appartements.

Comme il arrivait à la fin des boutiques, il jeta un coup d'œil autour de lui. Bien, toujours aucun signe de la Police Navidad. Il commença à courir dans le corridor qui menait à l'atrium. Il se proposait de se cacher sous les branches de l'immense arbre de Noël et d'attendre jusqu'au petit matin. À ce moment-là, il irait voir Merry.

Le sapin était si gros qu'une fois qu'il eut enlevé ses bois de cerf, il lui suffit de se pencher un peu pour s'installer sous la plus basse de ses branches. Une fois dessous, il s'empressa de grimper sur une branche et, appuyant son dos contre le tronc, il se prépara à attendre l'aube.

Il fixait les lumières scintillantes enroulées aux branches et il sentait ses paupières s'alourdir, lorsqu'il entendit un bruissement juste au-dessus de lui.

— Qui est là ? chuchota-t-il.

Le bruissement se rapprocha, puis cessa.

— J'ai pensé que tu reviendrais, dit une voix douce dans son oreille.

Evan sursauta et perdit l'équilibre. Dans un mouvement désespéré, il s'agrippa à la branche avec ses jambes, et se retrouva pendu par les quatre membres, tel un paresseux géant pendu à un arbre.

Merry se laissa glisser de l'autre côté du tronc, la main sur la bouche pour étouffer un fou rire.

— Bon sang, dit Evan, en se redressant sur sa branche, tu ne devrais pas espionner les gens comme ça.

— Regardez qui parle d'espionner, dit Merry en se moquant. Je croyais que tu allais seulement faire un tour et regarder ce qu'il y avait dans les boutiques. Pourquoi ne m'as-tu pas dit que tu voulais t'évader du Complexe ?

— Comment peux-tu savoir ce que j'ai fait ? demanda Evan.

— Tout le monde le sait, dit-elle. Tu as été officiellement identifié comme un imposteur. La Police a placé des affiches offrant une tournée gratuite dans les boutiques à la personne qui te capturera. J'ai dû promettre tout mon argent de poche pour le reste du grand solde à Holly et à Ivy, afin qu'elles ne te dénoncent pas.

— Merci, murmura-t-il.

— Tu aurais dû rester là-bas, Evan, continua Merry soudain sérieuse. Je ne sais pas ce que le shérif te fera s'il t'attrape. Quand j'ai su que tu t'étais enfui, et que tu n'étais pas à notre rendez-vous ici comme convenu, j'ai pensé que tu étais retourné chez toi sans dire au revoir. Alors où étais-tu, et pourquoi es-tu revenu ?

— Il fallait que je revienne, dit simplement Evan. J'ai besoin de ton aide.

— Mon aide ? Pour faire quoi ?

— Je ne peux pas rentrer chez moi sans ta collaboration. Mais si tout va comme je l'espère, je rentrerai, et vous n'aurez plus jamais à craindre le shérif.

Evan souriait, sûr de lui, et attendait que Merry lui demande ce qu'elle devait faire.

— Ne fais pas l'idiot, dit-elle, je ne peux pas t'aider à rentrer. Il faut seulement que tu te caches jusqu'à la fin des Douze Jours. Alors tu pourras sortir d'ici et rentrer chez toi en même temps que tout le monde.

— Il faut que je sois à la maison pour Noël, dit Evan anxieux, sa confiance s'amenuisant peu à peu. Tu ne comprends pas, je sais. Mais je peux t'expliquer, je peux vraiment.

Merry se mit debout en appuyant ses bras sur les branches de l'arbre pour garder l'équilibre. Elle jeta la tête en arrière et fixa le sommet du sapin, très loin au-dessus d'elle. Lorsqu'elle regarda Evan à nouveau, elle avait l'air perplexe.

— Que veux-tu que je fasse ? demanda-t-elle.

— Je veux que tu viennes avec moi pour rencontrer quelqu'un, dit Evan hésitant.

— Quelqu'un dans le Complexe ?

— Non, à l'extérieur.

Merry fit signe que non.

— Pas question. Elle entreprit de descendre de l'arbre. Je ne peux pas courir le risque de me faire prendre. Mon père, ça le tuerait. Je serais une hors-la-loi, ou pire.

— Je t'en prie, Merry, supplia Evan.

— Elle arriva au pied de l'arbre. Je suis désolée Evan, dit-elle. Bonne chance. Et elle se mit à marcher en direction de l'escalier roulant.

— La personne que tu dois rencontrer est l'homme sur l'affiche, ton arrière-arrière-grand-père, dit doucement Evan dans son dos.

— Il vit dans le château, poursuivit-il, en parlant vite. Il sait comment m'aider à rentrer chez moi et il sait comment redonner un vrai Noël à tout le village.

Merry se retourna et revint vers le sapin. Evan était étonné de voir qu'elle avait l'air furieuse.

— Tu ne parles que de nous redonner notre Noël, tempêta-t-elle, en marchant sur lui. Comme si nous n'avions pas un Noël bien à nous. Comme si tu avais le seul vrai Noël, avec toutes tes traditions stupides.

Elle le fixait, assis sur sa branche.

— Chaque fois que tu mentionnes Noël, c'est comme si votre manière était tellement meilleure : ramener des sapins et des branches dans vos maisons où ils perdent leurs aiguilles sur les tapis ; vous tenir sous une plante verte pour vous embrasser ; parcourir les rues en chantant fort et en réveillant tout le voisinage.

Evan sauta de la branche et la regarda droit dans les yeux. Il ouvrit la bouche pour protester, mais Merry leva la main.

— Au moins nos traditions veulent dire quelque chose. Elles ont traversé les époques, de génération en génération. J'ai toujours célébré Noël de cette façon, et ce n'est pas à toi de venir nous dire que ce n'est pas bien.

Elle s'arrêta pour reprendre son souffle.

— En fait, je peux t'expliquer pourquoi nous avons des arbres de Noël à l'intérieur, mais ce n'est pas ce qui m'importe en ce moment.

Evan prit une profonde respiration.

— Merry, continua Evan, si tu peux répondre à une question pour moi – honnêtement – je ne t'embêterai plus avec ça. Tu pourras oublier que je te l'ai posée.

— Hum, acquiesça Merry, la mâchoire encore crispée.

Evan choisit ses mots.

— Que ressens-tu par rapport à Noël ?

— Ce que je ressens ?

— Oui, ressentir. Quand tu penses au Grand Solde, te sens-tu pleine d'espoir et de fébrilité ? Éprouves-tu de la joie à chercher la bonne paire de pince à épiler le nez pour ton père pendant que tu cours les boutiques ? Si cela était possible, souhaiterais-tu que les choses soient différentes, d'une manière ou d'une autre ?

Le visage de Merry s'adoucit.

— C'est censé être un moment magique, dit-elle calmement. Mais on est tellement occupés qu'on arrive rarement à se retrouver en famille, tous ensemble.

Evan lui prit la main.

— Viens ici.

Il l'attira sous les branches de l'arbre. Mettant la main dans sa poche, il en retira la petite branche de sapin et la plia ; un parfum de sève et de pin s'en échappa. Il la donna à Merry.

— Maintenant, regarde les lumières et prétends que ce sont des étoiles. Ne parle pas, écoute.

Evan ferma les yeux et commença à chanter.

Oh, nuit de paix. Sainte nuit
Dans le ciel, l'astre luit

Tout en chantant, il imaginait sa famille rassemblée autour de la cheminée ; Élyse entourant le cou de son père de ses petits bras, les yeux lourds de sommeil, pendant que Kelly et sa mère suspendaient les bas en ordre : maman, papa, Kelly, Evan, Élyse. Il voyait sa mère faire le tour de la pièce en éteignant les lumières jusqu'à ce que tous les membres de la famille s'assoient ensemble sur le sofa, dans la lueur du feu de bois, paisibles et heureux. Il chantait comme ils avaient chanté chaque veille de Noël depuis qu'il pouvait se souvenir.

Le brillant cœur des anges
Aux bergers apparaît

Quand il rouvrit les yeux, il s'attendait presque à voir le cuir brun usé du canapé du salon de ses parents. Il vit plutôt les yeux verts et or de Merry remplis de larmes.

— Noël n'est pas là, dit-il, en montrant le Complexe.

Il prit la main de Merry et la mit sur son cœur.

— Noël est ici.

Les yeux de Merry brillaient comme des étoiles.

— Je vais t'aider, murmura-t-elle.

Neuf

EVAN S'ACCROUPIT DERRIÈRE un arbuste taillé en bonhomme de neige. Celui-ci montait la garde à côté des portes d'acier du hall d'entrée menant à l'étage principal du Complexe. Le jour venait à peine de se lever, mais en cette veille de Noël, le Complexe bourdonnait déjà d'activité.

« L'AVENIR APPARTIENT À CELUI QUI SE LÈVE TÔT », claironnaient les haut-parleurs. « LES CINQUANTE PREMIÈRES PERSONNES À ENTRER DANS

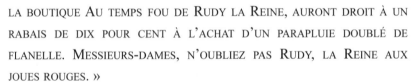

LA BOUTIQUE AU TEMPS FOU DE RUDY LA REINE, AURONT DROIT À UN RABAIS DE DIX POUR CENT À L'ACHAT D'UN PARAPLUIE DOUBLÉ DE FLANELLE. MESSIEURS-DAMES, N'OUBLIEZ PAS RUDY, LA REINE AUX JOUES ROUGES. »

Les gens s'agglutinèrent par vagues à la porte de la boutique, criant et balançant les bras dans les airs.

Evan était resté accroupi si longtemps que ses genoux commençaient à lui faire mal. Merry arriva enfin. Elle était hors d'haleine et avait le visage en feu. Elle se dissimula derrière le bonhomme de neige de l'autre côté de l'entrée.

— Tu en as mis du temps, que s'est-il passé ? demanda-t-il.

— J'ai couru presque tout le long jusqu'ici, dit-elle essoufflée. Ça m'a pris une éternité à sortir de la maison. Mon père cherchait les clés du Complexe partout. Il a fallu que toute la famille l'aide ; j'ai cru que je ne pourrais jamais partir. Mais il a une importante réunion avec le shérif et les autres policiers ce matin, alors il a fini par s'en aller.

— A-t-il retrouvé ses clés ? demanda Evan.

Merry brandit quelque chose qui avait l'apparence d'une télécommande de porte de garage.

— Non ! fit-elle en souriant. Mais dépêchons, allons-y avant que leur réunion se termine.

— D'accord, dit Evan. À trois, on y va. Un, deux, trois.

Evan s'étira et poussa le bouton vert qui était dissimulé sur le mur derrière le haut de forme du bonhomme de neige. Les portes d'acier s'ouvrirent silencieusement en glissant.

S'élançant de derrière les bonshommes de neige, Evan et Merry se précipitèrent dans l'entrée, s'arrêtant net en faisant crisser leurs semelles au moment où un mur nu en apparence surgissait devant eux.

— Es-tu sûr que c'est le bon endroit ? Je ne vois de porte nulle part.

— C'est définitivement par ici que je suis passé la première fois, dit Evan. Regarde.

Il prit la télécommande des mains de Merry, la pointa en direction du mur, et appuya sur le bouton rouge. Avec un chuintement sourd, le mur bascula, révélant un magnifique paysage d'hiver de l'autre côté.

Evan et Merry restèrent figés sur place. Dans le ciel, à l'est, le soleil se levait. Encore bas, l'astre étincelant caressait de ses rayons dorés la neige fraîchement tombée. Les glaçons qui pendaient des branches captaient la lumière du matin et la reflétaient en scintillant, tels des diamants embrasés. Le paysage entier semblait baigné de lumière sur un fond de ciel bleu immaculé.

— C'est magnifique, souffla Merry.

— Si paisible, murmura Evan.

Ils franchirent l'ouverture et Evan se retourna, pointant la commande en direction de la porte pour la refermer.

Le matin calme fut soudain perturbé par un bruit de sirène retentissant. Des klaxons beuglèrent, des sifflets lancèrent leurs cris perçants, et une voix tonna : « Attention. Attention. On a violé la sécurité. Code rouge. Code rouge. »

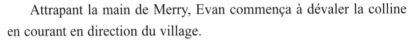

Attrapant la main de Merry, Evan commença à dévaler la colline en courant en direction du village.

« Préparez les canons », hurlaient les haut-parleurs.

Evan entendit un son strident qui frôlait son oreille, puis sentit un pouce entre ses deux omoplates. Il s'élança plus loin dans la neige. Roulant sur le côté, il vit que l'air était rempli de balles de neige.

— Les canons à neige, dit Merry, se laissant tomber à genoux pour éviter les sphères de glace qui volaient au-dessus de sa tête.

Ils se déplacèrent aussi vite qu'ils le pouvaient à quatre pattes, jusqu'à ce qu'ils soient hors d'atteinte des missiles durs et blancs. Puis ils se remirent debout et recommencèrent à courir. La neige était profonde, montant jusqu'aux genoux à certains endroits, et plus profonde encore en d'autres endroits. Evan regarda par-dessus son épaule en clignant des yeux, aveuglé par le soleil. Au moment où les hommes se rassemblaient à l'entrée du Complexe, il put apercevoir les uniformes aux couleurs vives de la Police Navidad.

— Dépêche-toi, Merry, lança-t-il.

— Ils nous poursuivent ! dit-elle, en se retournant.

Evan pouvait percevoir la panique dans sa voix.

Les policiers dévalaient la colline, montés sur des luges en bois qui glissaient en douceur sur les rafales de neige.

— Des luges flexibles, dit Evan consterné.

C'était le genre de luge dont il s'était servi dans le ravin derrière chez lui, et il savait à quel point elles étaient rapides. Les policiers s'étaient rapprochés ; il pouvait entendre leurs voix qui se répondaient au-dessus du sol gelé.

— Halte. Nous vous ordonnons de vous rendre.

Evan et Merry atteignirent enfin l'orée du village. Soulagés de sentir, sous la mince couche de neige, la texture rugueuse du bitume qui recouvrait les rues, ils se pressèrent en direction du château.

Derrière eux, ils entendaient les voix des Policiers Navidad redescendant de leurs luges. Leurs bottes aux semelles épaisses battaient la chaussée. Quelqu'un aboya des ordres. « Dispersons-nous. Ils ne pourront pas se cacher bien longtemps. »

Pendant qu'ils se précipitaient au centre du village, une silhouette surgit de derrière l'une des maisons. « Evan ! » cria Noël.

— Noël, ils sont juste derrière nous, dit Evan en soufflant si fort qu'il avait du mal à parler.

Le sang pulsait dans ses oreilles et son cœur battait la chamade. Il ne savait pas s'il pourrait encore marcher, encore moins courir.

Ayant entendu un bruit strident au bout de la rue, Noël, Merry et Evan se tapirent derrière un gros tas de bois. De leur cachette, ils virent le shérif qui descendait la rue en trombe sur une motoneige noire rutilante, emmitouflé dans un gros manteau de fourrure. Quand il s'arrêta au bout de la rue, ils entendirent ses hurlements furieux.

— Si vous ne retrouvez pas ces deux enfants, c'en sera fini de vous, Kringle. Souvenez-vous-en, vous paierez et vous paierez cher.

— Papa, murmura Merry tristement.

— Maintenant, rassemblez vos hommes et trouvez-moi ces sales marmots.

Les paroles du shérif résonnèrent en écho à travers les rues vides et rebondirent sur les édifices déserts.

— J'ai une idée, chuchota Noël. Je vais les distraire, et pendant ce temps, vous déguerpirez. Bonne chance.

Avant qu'Evan ou Merry ne puissent protester, Noël était sorti de derrière le tas de bois. Il s'empara d'un boyau d'arrosage abandonné à côté de la corde de bois et, s'étant assuré qu'il était toujours rattaché à la sortie d'eau, il tourna le robinet et courut en direction de la rue, en laissant couler l'eau derrière lui.

— Hé, les gars ! criait-il en bondissant au beau milieu de la rue pour attirer l'attention des policiers. Par ici !

Le shérif mit les gaz et descendit la rue en roulant droit sur Noël comme un taureau dans une corrida. Noël ne bronchait pas et continuait à brandir le boyau ruisselant, tel un pompier. Les policiers couraient aussi vite qu'ils le pouvaient pour suivre le bolide rutilant du shérif.

— Maintenant ! cria Noël par-dessus son épaule à l'endroit d'Evan et de Merry, qui s'élancèrent comme des lapins poursuivis par une meute de chiens.

Derrière eux, ils entendirent les cris du shérif et le rire retentissant de Noël. Evan ne résista pas à l'envie de se retourner pour voir. L'eau qui jaillissait du boyau avait recouvert la rue d'une mince couche de glace. Le shérif s'était retrouvé sur la chaussée glacée, et sa motoneige faisait du surplace, totalement hors de contrôle. Il était trop tard quand les policiers virent enfin ce qui se passait. S'étant élancés sur la glace, ils essayaient en vain de freiner ; la motoneige arriva droit sur eux, les faisant basculer et les dispersant de tous côtés. On aurait dit un spécial de Noël de l'émission *Les flics en cavale*.

Evan envoya la main à Noël pour le remercier, et lui et Merry arrivèrent rapidement à l'affleurement rocheux sous le château. Avec beaucoup de précaution, ils se mirent à grimper, réussissant à s'agripper aux rochers recouverts de neige. Comme ils approchaient du château, Evan vit que le pont-levis était baissé.

— C'est ça, dit-il, au moment où ils atteignaient l'abord du pont-levis.

Merry, qui semblait un peu effrayée, lui fit signe que oui.

— Tout ira comme sur des roulettes, dit Evan pour la rassurer, en traversant lentement le pont-levis en direction du gigantesque porche.

— Merry !

Ils se retournèrent tous les deux vers l'endroit d'où venait la voix.

Le père de Merry se tenait sur les rochers juste au-dessous du pont-levis. Son uniforme doré était mouillé et souillé de boue, et il avait perdu sa casquette, révélant des cheveux roux bouclés et indisciplinés comme ceux de Merry.

— Il faut que tu reviennes à la maison, Merry, dit-il, en avançant une main dans sa direction.

Merry hésita.

— Je sais ce que tu cherches, chérie, dit son père, en avançant plus près du pont-levis. Mais cela n'existe pas. Tu poursuis une chose en laquelle plus personne ne croit.

Evan sentit une vibration sous ses pieds, et le pont-levis se mit à remonter lentement. Se cramponnant au rebord du pont qui basculait, Merry regarda son père tout en bas.

— Il faut y croire, papa, cria-t-elle. Moi, j'y crois. Et je reviendrai vite avec des preuves !

Elle lâcha prise et se mit à glisser vers le bas du pont incliné, pour aller atterrir lourdement sur le porche aux côtés d'Evan.

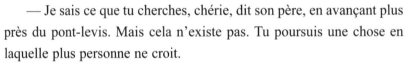

LE CHÂTEAU ÉTAIT froid et sombre ; les grosses dalles de pierre sous leurs pas étaient recouvertes de givre. Evan et Merry avancèrent lentement dans les pièces, admirant le plafond magnifiquement voûté et les escaliers de pierre massifs.

— Noël a dit que le maître du château s'était enfermé dans le donjon, dit Evan.

— C'est quoi un donjon ? demanda Merry.

— C'est l'endroit le plus sûr et le mieux protégé du château, dit Evan. Comme un château dans le château.

Tandis qu'ils continuaient à avancer dans les immenses corridors, de petits éclairs d'ensoleillement transperçaient les longues fenêtres étroites, illuminant des parties du plancher. Soudain, Evan resta figé sur place.

— Écoute, dit-il. Entends-tu ça ?

Le lourd silence du château les encerclait.

Puis il entendit le même bruit une autre fois. Un bruit de pas traînants résonnait en écho au bout de l'un des longs couloirs. On aurait dit que quelqu'un escaladait lentement les escaliers.

Gesticulant pour indiquer à Merry de rester derrière lui, Evan franchit le couloir d'un pas rapide et se retrouva devant une imposante porte de métal. Le bruit des pas se rapprochait. Evan saisit l'énorme anneau de métal au centre de la porte et tira de toutes ses forces. La porte ne bougea pas.

Il sentit les bras de Merry lui entourer la taille, et il tira une autre fois sur l'anneau, Merry tirant de toutes ses forces en même temps que lui. Lentement et silencieusement, la porte s'ouvrit. Evan s'y engouffra, Merry sur ses talons.

Ils étaient dans l'une des impressionnantes tours circulaires. La salle était totalement vide, à l'exception d'un grand sapin appuyé contre le mur comme s'il avait été oublié là. Un escalier en colimaçon courait de haut en bas du mur, relié à un plancher à l'étage supérieur et à un autre à l'étage inférieur. Ils entendirent le bruit traînant des pas au-dessus de leur tête.

— Je monte, susurra Evan.

— Je monte aussi, dit Merry.

Ils escaladèrent le large escalier de pierre sur la pointe des pieds.

L'escalier se terminait dans une autre tour ronde, celle-ci entourée d'étagères sur lesquelles reposaient de grands livres aux couvertures de cuir fin. Un gros pupitre en bois, avec une ancienne plume et un parchemin tombant sur le plancher, trônaient au milieu de la pièce. Des fenêtres longues et étroites laissaient entrer le soleil matinal et illuminaient les cartes géographiques et les tableaux suspendus aux murs. Un énorme coffre était resté ouvert, des tuniques rouge clair débordant de tous côtés.

C'est alors qu'Evan l'aperçut : un homme grand et mince leur tournait le dos ; raide comme un piquet, il se tenait à l'une des fenêtres et regardait le village en contrebas. Il portait une robe de chambre miteuse à motifs écossais et des pantoufles de cuir bordées de fourrure.

— Pardon.

Evan se racla la gorge.

— Pardonnez-moi, monsieur Kringle ?

L'homme à la fenêtre se retourna, et Evan vit qu'il avait une longue barbe blanche et un visage empreint d'une grande bonté.

— Je t'attendais, Evan.

Evan resta bouche bée.

— Comment savez-vous mon nom ?

— J'ai une liste, dit l'homme vaguement, gesticulant en direction de son pupitre, puis se retournant vers la fenêtre. Êtes-vous venus de là-bas ?

— Eh bien, oui. Mais… non, bégaya Evan, qui tentait encore de s'orienter.

— Je présume que ça n'a pas vraiment d'importance, dit l'homme sur un ton las, en ramenant plus fermement sa tunique contre son corps.

— C'est Noël qui m'envoie, réussit à dire Evan.

L'homme se retourna à nouveau.

— Cher Noël, un vrai rêveur, dit l'homme tout doucement. Je suppose qu'il t'a envoyé ici dans le but de me faire changer d'idée.

— Alors c'est vrai ce que Noël dit ? Vous annulez Noël ? demanda Evan, consterné.

— C'est vrai. Je n'ai plus le cœur à ça. C'est beaucoup trop lourd à porter pour un seul homme.

— Oh, je vous en prie, supplia Evan. Ne faites pas ça. Je veux avoir un Noël.

— Sans toutes les *tâches* ? Les yeux perçants de l'homme semblaient voir clairement à travers Evan.

— Je suis différent maintenant, protesta Evan. Je comprends vraiment. Je le jure. Je crois vraiment en l'esprit de Noël.

— Oui, oui, très bien, si tu le dis, dit l'homme sur un ton amer. Mais j'ai bien peur que ce soit trop peu, trop tard.

Evan était sans voix, stupéfait d'entendre ce qu'il entendait. Pas de Noël ?

— J'y crois aussi. Merry venait de sortir de l'ombre de l'escalier et se tenait aux côtés d'Evan. J'y crois et j'ai l'espoir au cœur. Elle lui tendit la branche de pin qu'Evan lui avait offerte.

Evan vit briller les yeux de l'homme au moment où il prenait la branche de la main de Merry.

— Je suis votre arrière-arrière-petite-fille, alors *je sais* que l'esprit de Noël est en moi. Et si vous ne voulez pas le faire vous-même cette année, dites-moi comment et je le ferai.

Merry croisa ses bras sur sa poitrine et releva le menton.

Le vieillard éclata de rire. Son rire alla rebondir sur les murs pour revenir en écho dans toute la pièce, pareil à un carillon de clochettes. Puis, se reprenant, il fit un pas vers Merry et lui prit tendrement le menton.

— Eh bien, ça fait bien plus que deux « arrières », lui dit-il. Mais je peux voir qu'en toi, l'esprit de Noël brûle de tous ses feux.

Puis son visage s'assombrit.

— Mais nous avons tant de travail à faire, et il est si tard. Je ne sais pas si nous pourrons y arriver.

— Bien sûr qu'on peut y arriver, dit Evan rapidement. C'est presque la veille de Noël, la nuit la plus magique de l'année. S'il y a une chance que nous revenions aux anciennes traditions, c'est maintenant. Je vous en prie, venez là-bas avec nous, on va montrer la vérité aux autres.

— J'ai mis toute ma famille en danger, dit Merry, dont la voix exprimait l'urgence. Mon père pourrait perdre son emploi par ma faute.

Elle fit une pause.

— En fait, je suppose que j'espère qu'il le perdra. Mais je veux que ma famille ait le genre de Noël qui compte vraiment. Et vous êtes le seul à pouvoir nous aider. Je vous en prie…

L'homme soupira et passa ses doigts dans sa crinière ébouriffée.

— L'innocence des enfants, marmonna-t-il pour lui-même. Est-ce que ça suffira ?

Evan et Merry retenaient leur respiration.

Après un long silence, l'homme sembla avoir pris une décision. Faisant le tour du coffre, il en sortit une longue houppelande rouge.

— D'accord, dit-il, je vais y aller avec vous. Mais je vous avertis : ce ne sera pas facile. La parcelle de magie de Noël qu'il me reste risque fort d'être rouillée. Et pour tout vous dire, les enfants, je n'ai pas le moindre plan.

Dix

À L'HEURE OÙ Evan, Merry et l'homme mystérieux qui portait le nom de Kringle arrivaient aux abords du Complexe, le soleil disparaissait derrière la ligne d'horizon. Evan, conscient de l'urgence de la situation, pressait les deux autres d'avancer plus vite. Plusieurs heures s'étaient écoulées depuis que lui et Merry avaient mis les pieds dans le château, et le jour déclinait rapidement.

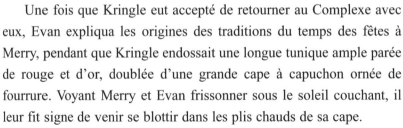

Une fois que Kringle eut accepté de retourner au Complexe avec eux, Evan expliqua les origines des traditions du temps des fêtes à Merry, pendant que Kringle endossait une longue tunique ample parée de rouge et d'or, doublée d'une grande cape à capuchon ornée de fourrure. Voyant Merry et Evan frissonner sous le soleil couchant, il leur fit signe de venir se blottir dans les plis chauds de sa cape.

— Alors, qui êtes-vous réellement ? demanda Evan à l'homme tout en marchant.

— Je suis quelqu'un de différent pour différentes personnes, répondit-il.

— Ouais, mais votre nom est Kringle… insista Evan. Et Noël a dit que votre prénom était S. Nicolas, comme dans saint Nicolas ?

— C'est vrai, ce sont mes patronymes, dit-il simplement.

— Avez-vous des pouvoirs magiques ? demanda Merry sans détour.

— Je suis le gardien de la magie de Noël, dit-il.

— *Cool !* Evan était tout excité. Vous êtes comme un magicien. C'est tellement cool. Alors, quel genre de tours pouvez-vous faire ?

— J'ai peur que mes pouvoirs magiques soient faibles en ce moment, avoua Kringle. Ils se nourrissent de l'esprit de Noël, qui a terriblement fait défaut ces dernières années.

— Alors vous ne pouvez pas faire disparaître le shérif, tout simplement ? demanda Evan plein d'espoir.

Kringle fit signe que non.

Evan se retourna vers Merry.

— T'as une idée ?

Elle hocha la tête de droite à gauche.

Quand le Complexe apparut devant leurs yeux, le cœur d'Evan se mit à battre à tout rompre. Il dut s'avouer qu'il avait peur d'y retourner. Il avait persuadé la fille du capitaine de la police de s'enfuir avec lui, et le shérif serait sans pitié. *Non, les choses ne seraient certainement pas faciles.*

— Tu es certaine que tu ne préférerais pas simplement rentrer à la maison avec moi et fêter Noël dans ma famille ? demanda Evan à tout hasard.

Merry lui lança un regard qui exprimait clairement qu'il était tombé sur la tête.

— Noël est une fête de famille, dit-elle sur un ton catégorique.

— Eh bien, nous y voici, dit Evan, qui essayait d'avoir l'air optimiste au moment où leur trio arrivait devant la porte principale du Complexe. Ok, Merry, à toi l'honneur d'activer la télécommande.

— La télécommande ? dit Merry dans un souffle, en fouillant dans ses poches frénétiquement. Je ne l'ai pas. Je croyais que tu l'avais.

Evan tâta ses poches.

— Je ne l'ai pas. Elle a dû tomber pendant qu'on s'enfuyait.

Merry était sur le point de fondre en larmes.

— Ils ne nous laisseront pas entrer, dit-elle. Ils préféreraient nous laisser geler dehors plutôt que de nous ouvrir la porte.

Pendant qu'elle parlait, la porte glissa sur ses gonds. Evan se retourna et vit Kringle, le doigt pointé en direction de la porte.

— On dirait qu'il vous reste un peu de pouvoir, hein ? dit-il avec un large sourire.

Kringle eut un petit haussement d'épaules.

— J'espère que ça suffira, dit-il.

Evan et Merry franchirent le palier et pénétrèrent dans le Complexe. Une bouffée d'air chaud les accueillit et Evan s'empressa de secouer ses pieds gelés afin de retrouver la sensation dans ses orteils.

— Pas nécessaire d'éviter le bruit, dit-il en voyant Merry froncer les sourcils. Je veux dire, on ne veut pas passer inaperçus, n'est-ce pas ?

Merry et Evan avançaient dans le couloir et Kringle suivait derrière.

— Allez, continuez, lança-t-il, il faut que je me repose une minute.

— Alors, quel est le programme ? demanda Evan au moment où ils atteignaient le bout du couloir et se préparaient à entrer dans le Complexe.

— Je veux retrouver mon père pour lui expliquer, dit Merry.

Evan acquiesça, et ils franchirent l'entrée où les arbustes taillés en bonshommes de neige montaient la garde.

— Vous êtes coincés, espèces de petits imposteurs pourris, lança aussitôt une voix.

Les policiers se jetèrent sur Merry et Evan, les attrapèrent par les avant-bras et les traînèrent devant le shérif qui fulminait.

— On ne devrait pas avoir trop de mal à trouver ton père, chuchota Evan en se tordant la bouche.

Le shérif s'approcha.

— Bien, bien, bien. Regardez qui est de retour pour Noël, railla-t-il. Tu ne pouvais pas supporter l'idée de passer un 25 décembre sans étrennes ? Eh bien, j'ai un cadeau spécial pour toi.

Il fit un signe de la tête et le capitaine Kringle, tenant Noël par le col, se retrouva en face d'Evan et Merry.

— Laisse-moi, espèce de grosse brute.

Noël donnait des coups de pied et se débattait comme un diable, jusqu'à ce qu'il voie Merry et Evan.

— Hé, Evan, lança-t-il tout de go, l'as-tu trouvé ?

— Oui, il est juste derrière nous.

Il s'étira le cou pour voir, mais il n'y avait personne sur le porche.

— Barrez le couloir de sortie, aboya le shérif.

Trois des policiers allèrent rapidement monter la garde près de la porte.

— Maintenant, que vais-je faire de ces trois imposteurs... dit le shérif soudain pensif, marquant le rythme avec une énorme canne en bonbon qu'il frappait contre l'une de ses paumes. Il faut que je vous donne une sentence exemplaire.

— Si vous permettez, monsieur, dit le papa de Merry. Ils sont revenus de leur plein gré. Cela doit certainement être pris en considération. Pourquoi ne les laisseriez-vous pas s'expliquer ?

— N'essayez pas de m'attendrir, Kringle, coupa le shérif. On ne peut pas laisser ces fauteurs de troubles en liberté pour qu'ils mettent le Grand Solde en péril, et aillent répéter leur babillage stupide à propos de la vraie fête de Noël.

Il secoua la tête et ajouta : « Et votre propre fille aussi. »

Une foule s'était rassemblée autour du shérif et de ses prisonniers.

— Shérif, il n'y a personne dans le tunnel de sortie, annonça l'officier Donner d'une voix forte en revenant de sa ronde.

Il y eut une clameur dans la foule surexcitée. Est-ce que quelqu'un était sorti du Complexe ? Avant la fin du Grand Solde ? Était-ce un intrus ?

Le shérif leva les bras pour apaiser les esprits.

— Du calme, mes amis, du calme. Ce n'est rien. Nous sommes seulement en train de supprimer quelques imposteurs. Nous vous protégeons d'éléments marginaux radicaux.

Il se retourna vers un officier qui se tenait près de lui et susurra : « Rends-toi au bureau des ventes et ordonne-leur d'annoncer un spécial lumières rouges et vertes. Et plus vite que ça ! »

L'officier partit en courant.

Le shérif se retourna en direction de la foule, qui était plus importante que tout à l'heure.

— Je vois beaucoup de mains vides par là. Ne devriez-vous pas être en train de faire vos emplettes de dernière minute ? Pendant que vous restez plantés ici à écornifler, quelqu'un d'autre pourrait acheter l'article dont vous avez besoin. Croyez-moi, il n'y a rien ici qui puisse vous intéresser.

La foule commença à se mouvoir, changeant nerveusement de position pour s'agglutiner devant les boutiques qui longeaient le couloir principal.

Sentant que l'officier Blitzen relâchait sa prise sur son bras, Evan, tel l'éclair, sauta par-dessus un étalage de boîtes de Noël joliment emballées.

— Il se passe des choses intéressantes, mais le shérif ne veut pas que vous le sachiez ! cria-t-il à l'adresse de la foule.

À son tour, Merry échappa à l'officier Dasher pour se joindre à lui.

— RATTRAPEZ-LES, rugit le shérif.

La commotion attira encore plus de badauds.

Merry regarda son père droit dans les yeux.

— Papa, écoute-moi. Noël, c'est bien davantage que tout ceci, dit-elle en faisant un geste en direction des boutiques. Je ne voulais pas le croire au début, moi non plus, mais à présent j'y crois.

Merry enjamba les boîtes et courut vers son père. Le capitaine Kringle relâcha Noël et tendit la main à sa fille.

— D'accord, ma chérie. Je vois que tu as été influencée par les amis avec qui tu te tiens, et je suis certain que le shérif peut pardonner un petit écart de jugement. Tu n'as qu'à dire que tu rentres à la maison avec moi et tout va s'arranger. Je vais t'acheter quelque chose de très spécial, promit-il pour finir.

— Tu ne comprends pas, papa ? Noël n'a rien à voir avec la consommation. Noël a à voir avec donner, dit Merry.

— La petite a raison, prononça une voix dans la foule.

Avec une expression de surprise sur le visage, le capitaine Kringle vit s'avancer un grand homme distingué vêtu d'amples tuniques rouge et doré, qui se frayait un chemin jusqu'à Merry et son père.

En arrivant auprès d'eux, il présenta à Merry une petite plante verte. Evan vit qu'elle était couverte de petites baies rouges. La foule observait, impressionnée par cet étranger exotique.

Le shérif, pendant un instant subjugué et réduit au silence, tentait de reprendre le contrôle de la situation.

— Oui, un temps pour donner, se moqua-t-il. Regardez mes bons amis, il lui donne un plant de mauvaise herbe. Voilà le genre de cadeau de Noël que vous auriez si vous quittiez le Complexe… des mauvaises herbes ; des arbres dans vos demeures ; un seul jour d'étrennes !

Le visage du shérif était devenu violet à force de crier.

Merry regardait la plante, puis regardait son père, mystifiée.

Evan courut la rejoindre.

— Ce n'est pas une mauvaise herbe, dit-il, c'est du houx. Tu te souviens, c'est une tradition ?

Le visage de Merry s'anima. Se tenant sur la pointe des pieds, elle montra le houx à son père.

— Voilà le vrai sens de Noël papa, dit-elle, puis elle l'embrassa chaleureusement. Le cadeau de l'amour.

Le visage du capitaine Kringle s'adoucit, puis se froissa tandis qu'il étirait les bras pour serrer sa fille très fort sur son cœur.

— C'est le plus beau cadeau dont je pouvais rêver, lui dit-il, le visage baigné de fierté et d'amour.

Il se releva et tendit la main à Evan.

— Merci, fiston.

Le shérif recommença à tempêter.

— Capitaine Kringle, vous êtes un homme fini ! Remettez-moi votre insigne.

Il se retourna et fit face à la foule.

— Combien d'autres personnes parmi vous désirent être ruinées ? Pour une *mauvaise herbe* et un *baiser* ?

Les gens commencèrent lentement à se retirer.

— Vite, faites quelque chose, implora Evan, regardant tour à tour Kringle et Merry.

— Je ne peux pas embrasser tout le monde, dit Merry désespérée.

Le shérif planta la canne en bonbon dans le pli de sa botte et s'approcha d'eux en se frottant les mains l'une contre l'autre.

— Attendez, ne partez pas, cria Merry à la foule.

Elle se retourna vers Evan.

— Quand tu as chanté pour moi, je pouvais sentir l'esprit de Noël. Chante pour eux ! Fais-leur sentir l'esprit de Noël.

Evan tremblait et il avait la bouche sèche, mais il prit une profonde respiration et se mit à chanter.

Oh nuit de paix, sainte nuit
Dans le ciel l'astre luit
Dans les champs tout repose en paix
Et soudain dans l'air pur et frais
Le brillant cœur des anges
Aux bergers apparaît

Evan entendit la voix de Merry qui se joignait à la sienne, et le son pur de leurs voix emplit le Complexe. La foule cessa son brouhaha pour les écouter. Merry et Evan finirent de chanter et regardèrent tous ces gens qui les regardaient, interdits. Le silence était assourdissant.

— Je crois que vous êtes sur la bonne voie, dit Kringle à voix basse.

Le shérif fit un signe aux policiers, qui se mirent rapidement en formation et encerclèrent le petit groupe. Mais les curieux se rapprochaient, exigeant d'autres cantiques, tels des mendiants affamés attendant un morceau de pain.

Faisant fi des expressions menaçantes qu'arboraient les policiers qui les entouraient, Evan prit une profonde respiration et recommença à chanter :

Petit papa Noël
Quand tu descendras du ciel
Avec des jouets par milliers
N'oublie pas mon petit soulier

Mais avant de partir
Il faudra bien te couvrir
Dehors tu vas avoir si froid
C'est un peu à cause de moi

Une à une, d'autres voix se joignirent à lui. D'abord Merry, puis Noël. Kringle mit la main sur l'épaule d'Evan en ajoutant sa voix grave à leur chœur. Le papa de Merry lui prit la main en chantant, le visage illuminé d'un large sourire. Ils chantaient de plus en plus fort, au point d'enterrer la voix stridente du shérif qui hurlait ses ordres.

À présent, tous les spectateurs chantaient, animés par l'envie primitive d'entonner des paroles qu'ils ne croyaient même pas connaître.

Et quand tu seras sur ton beau nuage
Viens d'abord sur notre maison
Je n'ai pas été tous les jours très sage
Mais j'en demande pardon
Petit papa Noël...

Tous les murs du Complexe tremblaient sous les vibrations de la musique. Au-delà de la foule, Evan pouvait voir des objets tomber des rayons dans tous les magasins et boutiques. Et là, à sa plus grande joie, les murs du Complexe commencèrent à s'effondrer en glissant doucement sur le plancher. Tandis que les murs se désagrégeaient, les gens chantaient de plus en plus fort. Ils se tenaient par la main, et leurs visages radiaient d'une joie pure. Les dernières notes de la chanson emplirent l'air du soir et résonnèrent en écho dans le ciel sans nuages au-dessus de leurs têtes. Evan jeta un œil sur Kringle, dont le regard brillait de satisfaction. La foule était silencieuse, subjuguée. Il ne restait plus du Complexe qu'un anneau de gravats.

La Police Navidad était restée figée dans sa formation militaire, regardant le shérif d'un air impuissant et attendant les ordres.

Avant que le shérif ait pu retrouver la voix, le capitaine Kringle leva la tête bien haut et regarda les hommes qu'il commandait dans les yeux.

— Maintenant, Dasher et Dancer, Prancer et Vixen, Comet et Cupid et Donner et Blitzen – les hommes se mirent en ligne devant lui et le capitaine fit un large mouvement des mains – disparaissez, disparaissez, disparaissez tous !

Evan et Merry éclatèrent d'un rire irrépressible en voyant la Police Navidad fuir les ruines du Complexe, galopant et trébuchant les uns sur les autres dans leur empressement à quitter les lieux. Le shérif trépignait de rage. Il ouvrit la bouche pour parler, mais Kringle leva lentement le doigt qu'il pointa en direction des policiers en fuite. Dans une dernière tentative pour ne pas perdre la face, le shérif tourna les talons, mais la canne en bonbon qu'il avait plantée dans sa botte s'accrocha à son genou et l'envoya au plancher. Se relevant d'un bond, il emboîta le pas à ses hommes aussi vite qu'il le pouvait, poursuivi par le rire de la foule hilare jusqu'au bas de la colline.

Comme le dernier policier disparaissait à l'horizon, la foule se calma. La mère et les sœurs de Merry se frayèrent un chemin jusqu'à l'avant afin d'étreindre Merry et son père dans leurs bras.

Le silence fut brisé par des cris de joie au moment où les enfants découvraient que, même si le Complexe avait été réduit à un amas de confettis, les toboggans et les planches à neige avaient miraculeusement survécu.

Poussant des hourras d'allégresse, ils se précipitèrent en bas de la colline, loin du Complexe. Plusieurs adultes se joignirent à eux, et bientôt, les flancs de la colline retentirent de rires et de vœux de « Joyeux Noël ».

— Eh bien, dit Evan, on dirait qu'il va y avoir un Noël après tout.

— Comment faire pour que le château soit prêt pour le festin de Noël ? s'inquiéta Noël.

Kringle lui sourit puis, posant les mains sur les épaules du petit homme, lui fit signe de regarder en direction du château.

Evan se retourna aussi pour voir. « Oh ! » s'exclama-t-il.

Le château était tout illuminé. Bannières et banderoles flottaient sur les remparts, et des torches brûlaient dans la pénombre, sous les porches. Evan devinait les arômes de cuisson et d'épices emplissant les immenses cuisines ; il devinait aussi que le plus beau des sapins ornait maintenant le grand hall, entouré de lumières et attendant qu'on le couvre de décorations scintillantes.

Tandis que les villageois cessaient leurs glissades pour admirer la vision de la colline dans le lointain, une étoile lumineuse, sublime, apparut dans le ciel nocturne au-dessus de la plus haute tour du château.

— Bien, je ne peux pas rester planté ici toute la nuit, déclara Kringle. C'est la veille de Noël, et j'ai du pain sur la planche !

Il se mit donc en marche, Noël trottinant à ses côtés, et Evan, Merry et toute la famille Kringle à leur suite. Arrivés au bas de la colline, des hommes hissèrent Evan et Merry sur leurs épaules, puis tout le village se mit en marche en direction du château – en direction de Noël.

Onze

L<small>E GRAND HALL</small> du château bourdonnait de l'effervescence du festin de Noël. D'immenses tables couvertes de nappes de lin et de damas longeaient les murs de la pièce. Des plateaux géants débordant de nourritures appétissantes sortaient des cuisines pour être disposés sur les tables. D'aucuns grimpaient aux échelles pour tendre des guirlandes de lierre très haut sur les murs. D'autres accrochaient de magnifiques boules dorées et argentées au sapin majestueux qui trônait au milieu de la pièce. Les enfants couraient tout autour, excités par les préparatifs et les friandises. Au-delà de toute cette commotion, les chants de Noël remplissaient l'atmosphère.

Evan était assis sur un des longs bancs garnis de coussins qui entouraient les tables, le dos appuyé contre le mur. Il n'était même pas tenté par les délicieux arômes du festin en face de lui. Bien que la journée avait été longue, et malgré l'excitation ou peut-être à cause de cela, il n'avait aucun appétit.

Merry se laissa glisser sur le banc près de lui. Elle portait une coquette robe de velours vert garnie d'une grosse boucle ; une guirlande de houx retenait ses cheveux et mettait en valeur son joli minois. Attrapant une orange dans le bol d'argent qui était sur la table, elle l'éplucha rapidement et en mit un quartier dans sa bouche.

— T'en veux un morceau ?

Merry rayonnait de bonheur, son visage illuminé d'une joie qu'aucun mot ne pourrait décrire. Evan remarqua que sa robe était de la même couleur que ses yeux. Il remarqua aussi qu'elle était vraiment très jolie. Soudain intimidé, il prétendit s'intéresser au gobelet de liqueur devant lui.

— Eh bien, tu as réussi, dit-il à Merry. Tu as ramené Noël dans le château.

— Je ne l'ai pas fait toute seule, dit Merry très sincère. Sans toi, je n'aurais jamais rien su. Tu m'as fait le cadeau – ainsi qu'à toute ma famille – de l'esprit de Noël.

Evan suivit le regard de Merry jusque dans l'entrée, où son père et sa mère se tenaient aux côtés de Kringle. Les trois adultes riaient et souriaient. Le papa de Merry tenait sa femme par la taille, et Evan vit que son autre bras était posé sur les épaules de Kringle.

— Ton père a l'air heureux de rencontrer son arrière arrière arrière... tu sais, ce parent qu'il avait perdu de vue depuis si longtemps, dit Evan.

— Il a dit qu'on pouvait l'appeler Papa Kringle si nous le désirons, dit Merry. Il nous a offert de vivre ici dans le château avec lui.

— Viendrez-vous, demanda Evan.

— Je ne sais pas, dit-elle. Ce serait agréable d'avoir l'esprit de Noël autour de nous tout le temps, mais je crois que mes parents s'inquiètent un peu pour Holly et Ivy, qui veulent commencer à porter des couronnes.

Merry regarda Evan plus attentivement et fronça les sourcils.

— Tu as l'air triste. Pourquoi ? N'est-ce pas ce que tu voulais ?

Evan eut un haussement d'épaules. Il était triste. L'ivresse de la victoire contre le shérif et la parade des héros lui avaient fait oublier la raison pour laquelle il avait voulu rencontrer le maître du château. Mais à présent que toutes les familles prenaient place autour des grandes tables, plaisantant et riant en faisant circuler les énormes plateaux de victuailles, les parents souriant avec indulgence à leurs enfants qui demandaient une deuxième et une troisième portion de dessert, Evan se sentait terriblement, désespérément loin des siens.

— C'est drôle, dit-il doucement. Tout le monde a eu ce qu'il désirait, sauf moi.

Au moment où il disait cela, Kringle apparut à leur table. Evan trouva qu'il avait l'air plus rond, ses tuniques se tendant un peu pour cacher son ventre. Comme s'il pouvait lire dans les pensées d'Evan, Kringle gloussa en se donnant des petites tapes sur la bedaine.

— Il y a des montagnes de bonne nourriture ici. Tu devrais manger, Evan.

— Je n'ai pas faim.

— Perdrais-tu l'espoir en même temps que l'appétit ? le taquina Kringle gentiment.

Evan leva les yeux.

— Voulez-vous dire… ?

— Bien sûr. Kringle eut un large sourire. Je vais te ramener à la maison ce soir. Je dois faire quelques arrêts de toute façon, dit-il en faisant un clin d'œil.

Evan, retrouvant aussitôt l'appétit, se retourna vers Merry.

— S'il te plaît, passe-moi le plat de pouding aux figues.

LES TORCHES BRÛLAIENT sur leurs perches quand Noël retrouva Evan.

— Prêt à partir ? demanda-t-il.

Evan regarda dans le grand hall. Les gens étaient rassemblés autour de leurs enfants, des bébés endormis sur leurs épaules, les jeunes enfants suivant derrière et baillant aux corneilles. Des cris de

« Joyeux Noël » et de « bonne nuit » emplissaient la pièce. Evan cherchait Merry, mais il ne put apercevoir le vert clair de sa robe nulle part dans la foule. Il ne voulait pas partir sans dire au revoir, mais en même temps, il se sentait quelque peu soulagé. Il ne supportait pas la pensée de lui faire ses adieux.

— Prêt, dit-il à Noël.

Et, jetant un dernier regard en direction du grand hall, Evan se retourna et marcha vers la sortie. Il suivit Noël jusqu'à l'arrière du château.

— Où allons-nous ?

— Aux écuries, répondit Noël sur un ton détaché.

Il n'y avait rien de banal dans la vision qui attendait Evan lorsqu'il entra dans l'arrière-cour pavée des écuries.

Il aperçut un immense traîneau rouge sculpté, muni de patins d'argent, qui scintillait au clair de lune. Huit rennes – dont les bois se détachaient en autant de silhouettes sur les murs de pierre de l'écurie – attendaient patiemment, leurs minuscules sabots posés légèrement sur le sol maculé de neige. Ils étaient attachés au traîneau par un harnais de cuir noir couvert de grosses cloches dorées.

— Est-ce que je peux les toucher, murmura Evan.

— Vas-y.

— Allô, dit Evan en marchant vers le chef des rennes.

Le renne releva la tête et regarda Evan de ses yeux calmes couleur caramel. Tandis qu'Evan caressait la fourrure épaisse recouvrant la nuque du renne, Kringle apparut dans un coin de l'écurie, trimballant

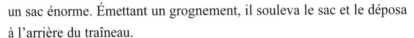

un sac énorme. Émettant un grognement, il souleva le sac et le déposa à l'arrière du traîneau.

— On va être un peu à l'étroit, dit-il à Evan. Mais je crois que tu pourras te faire une petite place à côté de Noël.

Noël trottinait autour d'eux, vérifiant les harnais et polissant les côtés du traîneau avec un linge doux. Tout son corps vibrait d'excitation.

— Je n'ai jamais fait le voyage avant aujourd'hui, dit-il à Evan.

— J'ai besoin de ton aide, dit Kringle en souriant. Nous sommes en retard sur notre horaire cette année.

Kringle et Noël grimpèrent sur le traîneau et prirent place sur les chaudes fourrures empilées sur les sièges. Tandis que les rennes reniflaient et piétinaient d'impatience, Noël tendit la main pour aider Evan à monter dans le traîneau.

— Attendez ! Ne partez pas !

Merry arrivait en courant dans la cour de l'écurie. Elle s'était changée. Elle portait une longue robe de nuit de flanelle blanche, et ses longues boucles lui tombaient sur les épaules. Evan pensa qu'elle avait l'air de l'ange de Noël.

— Serais-tu parti sans me dire au revoir ?

— Je t'ai cherchée à l'intérieur, dit Evan.

Merry mit un pied sur le marchepied pour se tenir près d'Evan.

— Bon, je crois que c'est un au revoir, alors.

Evan se contentait de la regarder, ses bras pendant bizarrement de chaque côté de son corps.

— Eh bien, ouais, au revoir, dit-il, levant à moitié les bras comme pour la serrer dans ses bras, avant de les laisser tomber, embarrassé.

— Pour l'amour du ciel, Evan, entendit-il Noël murmurer.

Merry se mit à rire et se rapprocha ; puis elle pointa le doigt au-dessus de la tête du garçon. Evan leva les yeux et vit Noël, le sourire fendu jusqu'aux oreilles, qui tenait un morceau de houx au-dessus de sa tête.

Merry, mettant sa main sur l'épaule d'Evan, embrassa son ami qui devint rouge comme une betterave.

— Au revoir Evan, dit-elle. Je ne t'oublierai jamais.

Evan sourit.

— Je ne t'oublierai jamais, moi non plus.

Attrapant la main que Noël lui tendait, Evan monta dans le traîneau et tira une couverture de fourrure sur son menton.

— On y va, dit Kringle, et il siffla pour donner le signal de départ aux rennes ; sans bruit, le traîneau commença à se soulever du sol.

Par-dessus le bord arrondi du traîneau, Evan regardait le château qui rapetissait au loin, jusqu'à ce qu'il ne soit plus qu'un minuscule point de lumière dorée. Tandis qu'ils volaient dans le ciel lisse et noir, Evan sentit soudain que l'air faisait des vagues. C'est à ce moment-là qu'ils se retrouvèrent en-dehors du globe de neige, volant si près des étoiles qu'Evan eut l'impression qu'il pourrait allonger le bras et en attraper une dans sa main. La lune, pleine et d'un beau gris pâle, apparut devant eux.

— Premier arrêt : Holidayle, cria presque aussitôt Kringle dans le souffle du vent.

— Peut-on survoler la ville de manière à ce qu'Evan puisse voir son quartier du haut des airs ? demanda Noël.

Kringle acquiesça, et le traîneau amorça une descente en piqué au-dessus des toits. Il passa au-dessus du terrain de stationnement où les derniers arbres de Noël non vendus étaient alignés contre la remorque de Léon.

Evan se pencha pour regarder sa ville. Il croyait que son cœur allait éclater. Il était enfin chez lui.

— Alors, qu'est-ce que t'en dis ?

Noël se penchait au bord du traîneau à côté d'Evan et lui donnait un petit coup de coude. Evan s'était aventuré si loin par-dessus le rebord du traîneau, que le coude de Noël lui fit perdre l'équilibre.

— Vous ne pouvez pas vous pencher comme ça tous les deux ! Vous allez faire basculer le traîneau ! cria Kringle inquiet.

Mais il était trop tard. Pendant que les rennes luttaient pour tenir le traîneau en place, celui-ci se retourna juste assez pour envoyer Evan par-dessus bord.

Evan se sentit incroyablement calme tandis qu'il volait dans le ciel féerique de la veille de Noël.

— N'aie pas peur, tout ira bien, entendit-il Kringle lui crier.

Et le traîneau disparut au loin.

EVAN OUVRIT les yeux en se disant qu'il avait atterri sur le plus doux et le plus douillet des bancs de neige. Il cligna des yeux. Il fait terriblement clair pour la nuit, se dit-il, confus.

— Evan, mon chéri, m'entends-tu ?

Evan ouvrit les yeux et regarda le visage baigné de larmes de sa mère. Il était à la maison, dans son lit. Toutes les lumières de sa chambre étaient allumées.

— Hé, maman, dit-il. Qu'est-ce qui se passe ?

Sa voix était rauque, et quand il essaya de s'asseoir, il réalisa qu'il avait un affreux mal de tête.

— Va doucement, Ev. Je vais t'aider.

Son père était à son chevet et remontait les oreillers tout en l'aidant doucement à s'y appuyer le dos.

Evan regarda autour de lui. Kelly et Élyse se tenaient debout contre le mur de sa chambre, leurs visages pâles se découpant sur le papier peint bleu foncé.

— Oh, chéri.

Sa mère lui caressait les cheveux et pleurait doucement.

— On a cru qu'on t'avait perdu.

— Maman, je te jure que pendant tout ce temps, j'ai essayé de rentrer à la maison, protesta Evan.

— Nous le savons, dit-elle. Mais quand on t'a trouvé, tu étais inconscient au fond du ravin.

— Tu as dû te perdre dans le blizzard, dit son père. Tu as dû tomber et te frapper la tête.

— C'est un miracle que nous t'ayons retrouvé, reprenait sa mère d'une voix étouffée. N'eut été de ton ami Léon…

— Léon ?

— Le petit homme qui vend des arbres de Noël, dit Élyse, en s'approchant du lit d'Evan.

— Il est ici, assis dans le salon, dit Kelly. Il s'est fait du mauvais sang pour toi. Veux-tu le voir ?

Evan fit oui de la tête et Kelly sortit de la chambre.

— C'est Léon qui nous a aidés à te retrouver, dit le père d'Evan. Il a dit qu'il t'avait vu prendre le raccourci par le bois le soir de la tempête.

Kelly revint dans la chambre en traînant Léon par le bras.

— Hé l'ami, dit Léon, en s'approchant du lit.

Evan cligna des yeux un bon coup. « Noël ? »

Sa mère se mit à rire.

— On dirait que ce coup sur la tête t'a embrouillé les idées. C'est ton copain Léon.

— Tu t'es payé toute une aventure, hein, l'ami ? fit Léon avec un clin d'œil. Tu as laissé tomber ton sac à dos quand tu as perdu pied, j'en pensé à te le rapporter. Léon lui redonna son sac à dos orange tout cabossé.

Evan descendit la fermeture éclair, plongea la main à l'intérieur et en ressortit un globe de neige.

— Ohhh ! s'exclama Élyse. Où as-tu pris ça ? Il est si beau.

Evan ne répondit pas. Il pressait son visage contre le verre, fixant intensément le château. Là ! Il regarda de plus près, rien que pour s'en assurer. Une petite silhouette habillée de blanc se tenait à l'une des fenêtres de la tour. S'il plissait les yeux juste ce qu'il fallait, il aurait pu jurer que la silhouette lui envoyait la main.

Souriant, il déposa doucement le globe de neige sur sa table de chevet, puis sourit à sa mère et à son père.

— Je meurs de faim, dit-il

Evan était assis sur le canapé du salon, les jambes entourées d'une couverture chaude, et il regardait son père et Léon qui fixaient le sapin sur son socle.

— Comment ça se fait que l'arbre n'est pas déjà installé ? demanda-t-il.

— Nous étions si inquiets à ton sujet qu'on n'a jamais pris la peine d'aller en couper un, dit son père. C'est Léon qui a apporté celui-ci ce soir.

— On n'aurait pas pu fêter Noël sans toi, dit Élyse sur un ton affirmatif.

— Ouais, Noël est une fête familiale, ajouta Kelly, ne roulant même pas des yeux.

La maman d'Evan arriva avec des tasses de chocolat chaud à la cannelle garnies de tours de crème fouettée.

Evan en prit une gorgée.

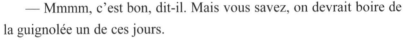

— Mmmm, c'est bon, dit-il. Mais vous savez, on devrait boire de la guignolée un de ces jours.

— Veux-tu bien me dire ce que c'est que la guignolée, de toute façon, dit son père. Chaque fois que j'entends cette chanson, je me demande de quoi ces gens veulent parler.

— C'est drôle que tu poses la question, papa, dit Evan.

Pendant que Léon et son père installaient les lumières dans l'arbre, Evan expliqua la tradition de la guignolée à sa famille. Ils furent tous d'accord pour dire que c'était une excellente idée et que cette boisson avait l'air délicieuse.

Puis tout le monde s'affaira autour du sapin, qui fut décoré en un tour de main. Après avoir accepté de revenir pour le dîner de Noël le lendemain, Léon s'en alla. La maman d'Evan allait de pièce en pièce, fermant toutes les lumières, jusqu'à ce que le salon soit éclairé uniquement par la lueur du feu de cheminée et les minuscules jeux de lumières de l'arbre.

— C'est le temps de suspendre les bas de Noël. Ensuite, tout le monde au lit, annonça le père.

Et il passa les bas à Evan.

— Veux-tu nous faire l'honneur, ce soir ?

Evan fit signe que oui et tendit les bas à Kelly et à sa mère.

— Faisons comme on a toujours fait. C'est la tradition familiale.

Son père, assis à côté de lui sur le canapé, berçait Élyse sur ses genoux. Les yeux déjà lourds de sommeil, la petite avait posé sa tête sur sa poitrine.

Evan eut un soupir de bonheur en voyant sa mère et sa sœur installer les bas en ordre : maman, papa, Kelly, Evan et Élyse. Puis sa mère et Kelly allèrent les retrouver sur le canapé, et toute la famille écouta le feu qui crépitait.

Evan commença à chanter. Et pendant qu'il chantait les paroles familières de « Sainte Nuit », son cœur débordait d'allégresse. Il débordait d'amour, débordait de traditions, et débordait de l'esprit de Noël.

Ce soir-là, Evan fit la promesse de toujours garder ces traditions bien en vie.

Épilogue

ÉPUISÉ, JE ME suis calé dans mon fauteuil. C'était la première fois que je racontais cette histoire du début à la fin. Le silence régnait dans la pièce. La neige avait cessé de tomber, mais la nuit était venue et tout ce que je pouvais apercevoir par la fenêtre, c'était mon reflet. Les enfants étaient là, immobiles, chacun à sa place. Est-ce que mon histoire les avait ennuyés à mourir ?

Daniel parla le premier.

— *Super, papa, lorsque tu sors pour couper un sapin que tu rapportes à la maison, tu es comme Martin Luther.*

— *Il faut absolument qu'on sorte maintenant pour aller en chercher un, ajouta Sam. Si on n'y va pas, ce sera comme si on brisait une chaîne qui dure depuis des siècles.*

— *Les enfants, je ne sais pas si vous avez remarqué, ai-je dit, en désignant la fenêtre, mais il neige à plein ciel – je ne crois pas qu'on puisse sortir et braver la tempête pour aller couper un arbre.*

— *Pas besoin d'aller loin, protesta Sam.*

— *Ouais, dit Daniel, ce n'est rien, comparé à ce qu'Evan a traversé.*

— *Et Merry, ajouta sa sœur.*

J'ai regardé Jen, qui souriait en haussant les épaules.

— *D'accord, préparez-vous.*

Armés de lampes de poche et emmitouflés contre le froid, nous nous sommes tous retrouvés dans l'entrée, parés à l'aventure.

J'ai ouvert la porte. Derrière moi, j'entendais une respiration collective.

Un sapin magnifique était appuyé contre notre porche. Une grosse étiquette blanche flottait au bout d'un ruban rouge attaché aux plus hautes branches. On pouvait y lire : « À Evan Darling et sa famille, JOYEUX NOËL. »

— *C'est la magie de Noël, murmura Lily.*

Et là, sur le porche, entouré de mes enfants, leurs visages illuminés par l'émerveillement, je ne doutais pas que ce soit vrai.

Nous avons aussitôt transporté l'arbre dans la maison et l'avons dressé près de la cheminée. Au moment où nous finissions de le décorer, les lampes ont clignoté, puis l'électricité est revenue. Nous avons branché les jeux de lumières et suspendu les bas, avant de nous asseoir ensemble, admirant la manière dont les braises du feu qui se consumait se reflétaient telles des petits feux d'artifices dans les boules de verre colorées de l'arbre.

— C'est l'heure d'aller au lit, dit enfin Jen.

Les enfants se sont levés pour venir près de moi sur le canapé, où je m'affairais à disposer les derniers morceaux de papier de soie dans les boîtes décoratives. Ils se sont alignés à côté de moi et Lily a mis ses bras autour de mon cou. Pendant que je la transportais à cheval sur mon dos jusque dans sa chambre à l'étage, elle a susurré à mon oreille : « Pourrais-tu chanter la chanson une autre fois, papa ? »

J'ai acquiescé, puis, faisant signe aux enfants de s'approcher, j'ai commencé à chanter.

Comme leurs voix se joignaient à la mienne, j'ai compris que l'esprit de Noël était de retour – et qu'ici, dans ma maison, mon château, j'étais le gardien de la magie des fêtes.

Pour obtenir une copie
de notre catalogue,
veuillez nous contacter :

Par téléphone au (450) 929-0296
Par télécopieur au (450) 929-0220
ou via courriel à
info@ada-inc.com